榎本櫻湖

Röntgen、それは沈める植木鉢

Saclaco: Das poetische Werk

思潮社

瀞

樹海の椅子
しずかな檻を羽織って
滴る嘘をならべる
有翼のオレンジ
坐るもののいない朽ちかけた部屋の
湿った壁に凭れかかっている

七つのピアノ
やがて爛れていくであろう
脚を齧るなにかを
それは眺めているのか
いつまでも蔓にぶらさがっている
ことばの臂を
窪みへと導いて

Röntgen、それは沈める植木鉢

榎本櫻湖

思潮社

目次

装訂＝金澤一志

Röntgen、それは沈める植木鉢

*

Surtsey

南下するもの
ひとの絶えた午睡の氷枕をおもう、
ある鰊を患う画家
噂も砕けた笹舟を襲い、
いつまでも惨めに目脂をすくう、柊鰯、
薬味なし

たくさんの赤貝を潰す、眼鏡をときに装って、金環蝕をふりまわし、水甕に椰子のつめたい蜜柑の部屋をしつらえる、これもまた母のない子、鹿狩りに半島へ、樹だちに砂を吐く旅鼠をかけ、暖簾がいま

だ、あくびを噛み殺していた、奇数列に水銹の胞子をふりかけて、
宵闇の肩を怒らせたのち、saxophone の落ち葉を嵌める鐘を漉く小
屋、ラジオを繭のうえに臥せ、

月祖伯、
それから合葬もない、
鸞、稲藁のたばが燃える街から、みどりいろの頬の渇いた翅が
萎れた瞼を焦がそうと、
鍵がなる、甍
灌木の溶けるむこうに宿根草、
鯨蝨みたいな貌を毀したかった、
啼く黄昏に
鮑に栞を妊ませたがった、
Kutavičius、

薇ももう、煙草を厭う

山の杏仁

アヴィミムス、うつつの骨をアルゴスと幼獣に乗せ、わたしの北部を持続したい、と書きつけた花の、おぼつかないクリプトコッカスに神羊誦を、幼い旅路のわきにそなえる、夜半、翡翠葛の図像をまえに手刀をたて、遠浅の如雨露の胸郭にふたつの山椒魚を禊いだ、海峡も育たない薬莢を背に、まぜこぜに、飼い犬の齧るささくれた鳳梨の棘の多い鎧戸へ、蕪箐の芯を内密に匿わせ、流した薄墨に金の雨乞いが泛ぶのをしる、それにしては永く栄螺を見ない、櫻鱒も見ない、

祭儀のしなを

雨期のしもべに購いあたえ、
やわな数式も栽培されず
水いりの、
鼻行類
泡だつ藍藻ら、
旧式のミシンの踏み板に、
たとえばこうして綴る術もある、

You have to cut off tongue、
and think about the birth of universe、

など、

＊高塚謙太郎氏の詩篇からの引用がある。また、英訳は小西遼氏による。

Eyjafjallajökull

曳航される島、
焔の舞う、ある海域に現れた、
ひとりの隻眼の巨人でもかまわない、
蘚を食うひとびとらの、
腥い生活をおった、
だからそこへは、牛の背のような山を貫く、
たしかな隧道を越える必要がある、
そこで会話はとぎれている、

燃え残った樹樹を薙ぎはらい、ひとのことばの紅葉をしる、寒天状の愉悦を壊し、ある街道を塞ぐその、泡のようにたやすく潰えるゆたかな屍骸に黒曜石を突きたてる、叙述の四方にひろがる、日録の黄ばんだ頁のうえから観測した古代の星図を、それでもそこ、紅潮した貌を蔽う極鰺刺の翼が痛い、その土地にはないはずの、架空の駅舎を訪れる透明な磁気圏に、墜落した飛行艇から噴きあがる烏賊墨は、虹の隠喩、

氷菓が流れてきても、
埋めてしまえばよかった、野菜だけは、
豊富なのだから、
封じこめられた霜をかぞえて、
あまい航海を釣りあげ、
水棲の嚏、食む、

あこがれて、譜面台のうえ、
虚構のあわいひかり、
まるで霙のようにしたためられていく、
海獣のしろい吐息を、

目を瞑っていてもいいかと、それは訊いた、いまでは涸れた湖の底に積もっているたくさんの狼の遠吼えを、窓枠のそばにたってつかみとろうとしたのかもしれない、煖炉の火も、散乱した冷たい果肉には敵わない、まして極楽鳥の艶やかな冠のまえでは、廃棄された自動車を、巡禮者の砕けた足が踏みつける、石英の義眼が乾いていく、いや、赤海鷂魚のたいらかな地上に種を蒔く石工の埃だらけの腕を捧げたい、天球を満たす七竈の胚芽を、鶴のいない湿原のまぼろしのなかに探す、

筌、
森を背負わされた男、
ある呪文を孕んだ泌尿器の、謎、
水平線のむこうから現れた、
さまざまな別離を刻む、
逆さまに、
瓢箪の生えた蟷螂の腹が、
ふたたび密告をはじめ、
唱えられる鬼の名、
ここでさらに琺瑯のまばゆさは、
給水塔の塊にむせる、

Akureyri

だから北へ帰る
航海日誌にはたしかな座標すら書かれてはいなかった
沈没した捕鯨船が、箱庭におかれてある
いつのまにか流れついた生態系の
痕跡が、空き壜につめられて
ふたたび、鱶の胃袋は大きい、darbuka、
塹壕には棄てられた
毒薬と空港——、

肉食獣の咆哮、Βαβυλών、新聞紙のうえの塩湖、好熱菌が棲んでいるみたいだ、古代人の頭蓋骨は銃口を咥えている、色素の薄い遊泳場にも管弦楽団のきびしいしきたりが、綳帯を噴きだしているアマルガムの防波堤をつかむ、抗戦するにはあまりにキルリアンだったから、Morgenstern に敬意を表して、消印にはにぎやかな群棲での秘儀が封じられてある、

虹霓譚、
やがては近代の消滅だとしり、ある休日
祝宴を訪う貧者は不眠にあえぐ
ゆるやかな湾を漂泊する樽に
みたび Finnbogadóttir、
フラスコの底、呑みつくされた蒸留酒のまぼろしが
燃える剃刀の背を濡らす

ここに鉄道はいらない、
必要なのは不遜さと尖がったピッケルだけだ
王宮の昔、
象と闘う虎のおきもの
のびきった羊毛の水道管のはなし
希哲学は散漫、
がらくたには飽きない

ストロボみたいな花火、映画のなかだけの数秘術、どれもひとのことばにいたる以前の〈暴力の犠牲者のための植物〉、黒い氷の表面に凝固していく地衣類が放った閃光は、虚脱によって薄汚れた磁気嵐におもねって、この土地に癒着している孤独の神話学にもひとしきり惑星蝕を起こさせている、亜熱帯地方にだけ殺人鰯の噴煙はたちこめているし、すなわち snjór は溶けかかったワセリンが溜まっ

た壺に炭酸水をふりかけている、

五秒後には夏の燃え滓
偽善的な鍾乳洞へ痛みを捧げる
夜の終わりとともに収容所へと運びこまれる巨人の剝製
抵抗の歴史から欠落している研磨剤
たくさんのエピゴーネンが行進している
それを追尾する楡
いまだ航路には魂の畸型すら
燈ることはない

スポーツと気晴らし

この本は、微笑みながら優しい手つきでめくっていただきたいと思う。これは空想から生れた作品に他ならないのだから。くれぐれも本作品の中に別のものを求めたりしないように。

（エリック・サティ《スポーツと気晴らし》序文より）

I

噂はほんとうのようだった。あれが月光か、あれが熱情か、あれが告別、あれが……、と指をさしていったさきにあったものは、いろ褪せて不恰好なマネキン人形のような貌をした飼育小屋だった。いや、そのように見えただけで、そこには乳牛の一頭もいやしなかったし、痩せほそった汚い豚たちもなかば朽ちていたのだった。狼煙がいくつもあがっていて、頭のない頭が舌をだしておどけていたが、印象には残らなかった。どれも色盲の愚者が眺めたような景色ばかりがならんで、落胆しつつ山道をくだったのちには、筋肉質の馬糞が湯気をたてて、いったいどこからだろうか、いまさら驚くこともないだろう、巨悪な猪の大群が大砲を撃ちあげながら金鉱山へとおしよせてくるのだから、紙みたいなからだごと潰れてしまえばよかった。それから何億年か経ったころ、だれか、白痴を煮つめたような女が、恐竜だ、とまたしても指をつきたてる。まったく悪夢のような日々が葛籠から飛びだしてくるのだから、もういちど眠ってしまえばいいのだ。

2

朝起きると――朝起きることはほとんどなかったが、便宜的にそういうことにしておくことにして——、目のまえには巨大な角をもつごつごつした巌のようななにものかが、とてものどかな雰囲気に呑みこまれる寸前で、危うさばかりが蒸発していた。それは汗だったのだろうか、聞いたところによると、河馬の汗は赤いそうだが、別の話によれば、それは汗ではないという。どちらでもかまわない、結局これは河馬ではないし、部屋の隅におかれたちゃちなピアノがひとりでに鳴りはじめて、そんなつまらない音楽はやめろ、と怒鳴ったひとを見たことがない。どうやら隣人は蠅たたきの餌食になってしまったらしい。学者の頭のなかにはきっと何頭もの有蹄類が闊歩しているに違いなく、みんなパラフィン紙にくるまれて古本然としているだろう。そんなことをだれから聞いたのか心許なくなって、枕が湿っていることに気づくころには、もうとうに陽は暮れて、火星人の襲来に備えて、糒を蔵いっぱいに貯めこもう、そういうスローガンもなかなか有事らしいではないか。

3

往々にして怒りとは猫のようなかたちをしているものだ、そう教えてくれたのは父だ。といって山々が黝く横たわった遠くを見晴るかすと、すべて銀いろに輝く人工物である。四角い祖父について憶えていることがあれば話してほしい、そう請われて嘘を百八回、述べたてた。みんな、あれはじつは合板でできたクリムトの贋作なんだそうだ、まったく、騙されるのにはもうこりごりだから、近よったり片目を嵌めこんだりすることによって星雲が電気仕掛けの靴下の鼻の孔から産まれてくるぞ、あんなのは膣をまねた某かだ、そんなものは洋梨で蓋をしておけば、たちどころに病は消えさります、云々、能書きというのはしょせん散漫なのです。

——もしもし、そこがどこかわかりますか。

——いいや、なにも見えません。

——お腹は空きませんか。

——風船が、いくつだろう、おおよそ五十くらいでしょうか、いろとりどりの、だいたいは緑ですが、とても不気味ですね、こうして漂うのをぼんやり見ているだけでも、どこかのなにかは腐っていきます。腐敗臭に誘きよせられて、あれはなんという名前のなになのだろう、いったい見当もつきませんよ。

——食事をしますか、それとも入浴ですか、就寝しますか。

——到底納得できません。こんな、便意がもう三年もつづいているんですよ、その苦しみがわかりますか。

——妻帯者ですか。

それぞれは好き勝手に薬鑵を鳴らすいかにも不条理な訴えばかりなので、それすら感動を催さずにはいられないのだが、それにしても巨大な建造物である。ことばに不自由はしない、なにせみな聾ときた。片輪ものの情念をまぜこぜにして、深海魚の脂まみれの臓に合掌しよう。

4

汽笛があたりに響きわたると、そこにいちまいの皿が、ゆっくりと、天蠶絲で吊るされた、英国製の、まっしろなそれが、舞台のうえの猿の手に降りてきて、つづいて李か臀かなにか——暗闇なのでたしかなことは暗闇だということしかわからない——が、滴ってくる。それから、蛯。種類はわからないにしても、蛯の背腸が空を飛ぶ。北極鯨の噴気孔から歴史的な宗教施設が登場すると、観客たちは大にぎわい。麝香鳳蝶が床をたたいて、サヌカイト、それは楽器の一種です。なるほど、いまでは電話ボックスもめったに見かけなくなりました。電波を縛ってまとめても血は流れません、喘鳴だけが欲します。少年たちは赤らめた貌に薄荷油を塗りたくります。それが儀式です。おとなになりたくはないか、おとなになりたくはないか、漏らした小便を啜るものは嗚咽しながら手をふります、今生の別れを惜しみます、どうせ無駄なことだ、紙きれひとつでどうにでもなる人生は空井戸から湧きあがってきた葡萄酒よりも価値がない。静かに金平糖が舞い踊る海底油田の発見を待つのみだ、一見したところフクロオオカミの繁殖は失敗に終わった。

5

部屋にはひとの背丈を越すほどの巨大な蜘蛛がいて、ハエトリグモの一種だそうだが、ここは樹海の深奥か、その硬い毛に覆われた奇怪な姿が部屋のなかを行き来していて、たくさんの複眼がいっせいにこちらを睨みつけ、とうとう食べられてしまった。自分の情けないからだが蜘蛛の顎によって抉られ、嚙み砕かれ、嚥下されていくのがよくわかる。右腕が、脇腹が、頸の後ろや肩が、ゆたかな臀が、そして惨めったらしい局部が。憐れな胴体だけが喰い残され、頭を喰らわれたあと、腥い血が流れでているそれが床のうえでぶよぶよと蠕動しているのが見える。蜘蛛はそれには目もくれずに部屋のそとへとでていった。胴体が服をひき剝がされたトルソーのように埃まみれの板組みの床に横たわっていて、それがどうにもさびしげで、腐っていくだけなのがかわいそうだった。だからといってどうすることもできないのだが。

6

いまもっとも興味をそそられるのはストリキニーネの栽培である。それがなにかはしらない。大量の鯵が群れをなして秋の空をわたっていく。啼き声はいささかけたたましいタクシーのクラクションに似て、節操がない。それにしても薄く透明な皮膚をつらぬく雨が黒真珠に穿たれた孔を通って帰化した鸚鵡の塒を襲うのは決まって明け方だったのには理由があるに違いない。幽かにクラヴサンを弾きならすのが聴こえてきたが、それを聴こうとする耳は悉く毟られ、南下するハチドリらの翼となって——これこそ陳腐な修辞ではないか——海を越え、遥かなるテーブル山座の巓へ、万年雪の凍える脚が彼らを惑わし、火口へと抛りこむ。翌朝になって異国語のざわめきにいらだって、やがて午と夜との隙間から呪文を唱える大勢の尼僧の声が湧きあがってくるのだが、それは古びた写本の頁のあいまから零れ落ちてきた朝露の仮の姿でもあるのだろう。レンブラントの複製画が架けられた森へ、そのひとははいっていってしまう。

7

——あなただったのね。
——不安にかき消されてしまいそうな夜だ。
——旱のときに蝗の大群はみな腹をみせて転がっています。
——どうやらここにはわたしたちしかいないようだ……。

——なにも聴こえない、不安で堪らないわ、どうしたらいいのかしら。

——臍の緒がつながったままだ。

——もしもし……、聴こえない、聴こえないわ、そこにいるのね、ちゃんとこたえてちょうだい、お願いよ、いるのね、そこに、ちゃんといるのよね……。

——おお、ここにいるではないか、わたしたちを繋ぐこのけざやかな紐帯が見えるだろう、しろっぽい緑に輝く、この不気味な臍の緒が……。

——大波があなたを襲っているわ、なんて恐ろしいことかしら！

8

もはや陽の光を浴びることがなくなってしまった大麻草の群生がひっそりと地下水を吸いあげているように、この矩形の箱を満たす怪しげな闇が宙吊りの肺臓を脅かしているのが見える。つまり埃っぽい空気を吸いこみ過ぎたオルガンの機構は、生きたウニを丸呑みしたクエかなにかの繊細な胃袋のように無惨な姿を曝しているのだ。ベッドに転がる受話器から、いまも彼らの呻きが聞こえてきている。

9

荷馬車に轢かれた男のくたくたになった背広が公孫樹の枝にひっかかっている。悩ましげな縫い目から晩秋の乾いた大気が洩れだしてきている。観客らの罵声が水族館でのイルカの曲芸を眺める智慧遅れの兄弟のそれをおもわせ、不快さを催す窓が癇癪を起こしている。逆だちした絵本を読みきかせる彼らの母親が曇り硝子にはりついたヤモリの屍骸をなだめようとするが、夜尿症の兄は手にした動くものをつぎつぎにくちへと運んでいくので、しまいには女の肥った骨盤が喉仏にひっかかるしだいなのだ。こども騙しのちんけなおはなしにも尻尾くらいは生えているというのに、気が利かない悪夢の終焉に一羽の鵞鳥が闖入してきたところで、なにも変わりはしまい。

10

そのとき上演されていたオペラのことをわたしはしらない。しらないということが罪だというのなら、好きなだけ咎めだてをすればいい。どんな筋書きだったかすら記憶にないが、悪魔払いの余興にと退屈なアリアを歌ってきかせた痩身の男が、マルクス主義を標榜しない蜜柑をひとつ、隣の庭の樹から捥ぎとってきたのらしい。頭痛の種が芽をふき、適度に肥料を混ぜあわせた園芸用の土から貌を窺わせている。大伯母の大顎に喰らいついたガビアルモドキの弱々しい歯が風に煽られて谷底へと舞い落ちてしまう。亜寒帯のこの土地ではバナナなどがそこここの空き地に生えていようはずはなく、硝子ばりの温室でたいせつに育てられているそれらの実が熟しきって舞台の中央へと落ちてくるとき、さまざまな風習とともにひとつの集落がまるごと、舞台装置のうえにきり拓かれる。合唱隊が唱うのはそういう異国の民謡で、不自然な長閑さにはいりくんだ作為が丹念に忍ばせてあるのだった。そういうことにしておこう。

夢精しそうな夜だった。噎せかえるような臭気が呼吸器官を刺戟する。空調設備の幽かな音が耳にぶらさがっている。それは床に就くまえにはずし忘れた模造ダイヤのピアスがきらめくからだった。噴水から弾け飛ぶ精虫のイマージュが脳裡から離れず、顕微鏡で一匹ずつ観察していくと双頭の鷲の鋭い鉤爪のさきにいくつかの白桃が突き刺さっているのがわかる。まったく、割れ目から溢れるにおいやかな果汁はひんやりと頬をつたい落ち、貧弱なからだの表面をそろそろと流れて、まだ恥毛の生え揃ってはいない肌理のこまやかな膚に穿たれた毛穴へと吸いこまれていきそうでもあるのだ。水甕を犯すのにはちょうどいい時季であり、香りにつられてショウジョウバエが数匹、どこからともなく現れたが、複眼の赤さは蕾のそれである。三色旗が見える。革命のために流された血は、それは血ではなく農村部を襲った土煙を纏って脹れあがった濁流であるのだが、ひとはみな、錆の浮いていそうなそれを指さし、血だと騒ぐ。いったい、冷やされたメロンをきりわけるためのナイフは、何人の女中の乳房を抉ったか。むしろ未成熟な睾丸を刈りとるためにこそ鞘からぬかれるべきそれであるのに。

12

ひとの名前であったか、楽器の名前であったか、薄い藁半紙のきれ端に書かれてあったそれを憶いだそうとするたびに、喉の奥でマンドリンの弦が閊えてしまっているのである。それを発音しようとするたびに、蠢く羊腸弦の描くこまかな螺旋を昇ってふたつの溜め息が、汗が吹きだしきらめく掌に零れるのだが、明け方、それとも暮れ方の両方だったか、一匹のハクビシンを追って夜の裳裾はたなびくのだ。わたしにはとても手に負えない凶悪な獣の姿を借りて、郊外へとのびる線路にそって駈けていく夜の跫音が、耳の粘膜にはりついて、それがあなたのしずかな寝息だったとは、つよい雨脚にかき消されてしまって、そのときにはわからなかったのだ。

——朝よ。

——電話がなっている。

13

寒さを堪えて、蚯蚓が這うのをじっと眺める。枯れた睡蓮の葉が溶けかかっている。

——もしもし。

ついに返事がないまま本を閉じる。そのむこうには百枚の目蓋が干涸びていた。

——もしもし。

声の震えが結露した窓硝子を揺すって、ちいさな滴となって流れ落ちていくのが膚を通して感じられ、飼い猫の髭さえ凍えている。

——もしもし。

何度でもくちにするだろう。ちかくの電線にでも停まっているのであろう雉鳩が籠った啼き声を洩らしている。

——もしもし。

諦めることを贋金とすりかえて、破けた紙幣に月下美人の横貌を描きこむ。鉛筆のさきには星座が鏤められてある。

——もしもし。

突然、温度計が割れて散らばった昨日が、眼を刺す。

14

それからのことはまったく憶えてはいない。もはやとりかえしのつかないことになったということか。雨だれがひんやりと街燈の弱々しいあかりを粒だたせている。新聞紙のうえに脊索が蹲っていて、はじめからそれらの多くが狼狽していたかのように、顫動している。あなた方はだから勝手だ。晩秋の蠅のうごきを封じこめるためにも、くちをつつしむべきだ。ナイロン製の紫陽花が陽に曝されていろ褪せたはなびら状の部位を、それをなんといったものだったか憶えてはいないのだが、眼のまえを覆うそれぞれが冷たい風に靡いて、呼気のしろさが曖昧にめだっていた。大きな蛾が雪に雑じって道路を穢している。伯父の背が縮んでいるようにも見え、どこか憐れにも感じられてさびしかった。これで季節のことをおもうのはもうやめにする。文字がほどけていくばかりなので、どこか虚しいだけである。

15

アレクサンドルの夢想した神秘劇の開幕は、浅瀬を彷徨う蛤の寝息によって誘きよせられるものである。というのもあたらしい檜材を組んだ浅はかな指揮台のうえにだれもたとうとはしないからだ。より金粉がにぎやかに舞うためにも、むしろ風呂桶に溜まった大鋸屑の山を廃棄しなければならず、孑孑らがくねるのをめだかのちいさな群れがつぎつぎに掃き清めていった。顎鬚に触れながら丸眼鏡をはずし、宇宙のなりたちを語ってみせようとは、ひとびとらのから騒ぎにもそれなりに故のあることなのだろう。それにしてもここから裏口をでて煉瓦壁を隔てたむこう側にひろがる共同墓地には鐘がなく、真鍮を融かしかためた巨大な鼻をぶらさげるべきなのだ。イッカクの幼獣が牙を隠そうと必死だった。そのうえわたしは賭けに負けたのだ。愚かなことかもしれないが黄金の彫像が彼らの分身であるなどとはとてもおもえそうにはないし、青銅時代に歩くことを覚えた種族らの末裔が、そこここの集落で餓え苦しんでいることに同情する余地などないのだ。母よ、それは生贄に喰わせるために捕らえた鹿の首です。

16

わたしはたしかにその日、深い森へとでかけていったのだった。あれは真夜中だったかもしれないし、早朝、あるいは真午間に、その建物の裏手からのびる獣径のような細い路地へとはいっていったのだった。ゆるやかな勾配が長くつづいていて、一歩ごとに闇が深まっていくように感じたのか、そうでなければ土を踏みしめる感触に少しずつ心許なさが増幅していったのか、汗ばみはじめた額にはりつく頭髪がひどくわずらわしくて、やがて眉毛のあいだを縫ってつたい落ちてきた汗が目蓋の内側へと侵入し、一瞬、つよく目を瞑って眼球をとりまく筋肉の凝りをやわらげようとしたのだった。気がつくとそこは森などではなく、海の底か、湖の底か、洞窟のなかか、もしくは街の喧騒のただなかであったのだが、それにしてもそのことを日記に書きとどめようとしても、記憶は曖昧なまま徐々にほどけては、また別の記憶と縒りあわされそうになっていくので、その空間を占めていたものが視界を覆いつくすほどの廃墟であったのか、それともそれこそが都市そのものであったのか、いまとなってはまるっきり判別がつかなくなってしまっているのだ。ただひとつたしかに記憶しているのは、あの森閑とした闇のさなかで聴いた、なにか微細なものらの悲鳴のような笛の音か、毀れたアコーディオンの喘鳴なのだが、わたしはそれをほんとうに耳にしたのか、おぼつかなくなってきてしまっている。

17

ステビアについての述懐が、雲のうえのこまかな蛇の傍らでなされている。いうまでもなくサッフォーのあたらしい呼称にまつわる考察だ。海のおおきな波をおもわせる乱反射のうねりが、蜃気楼の八尋もあるくちへと流れこんでいて、それはまた虹蜺の番いが温めている卵をやさしく拭っている。雷を纏った神殿の出現が古い書物に記録されていたが、いままさにその門扉がひらかれようとしている。そこへ侵入しようとするものはだれか。龍巻の群れをしたがえた女王が、詩人の首を右手にひっつかんで入場する。耀う牙を濡らす水銀が雲雀の羽根を融かし、蹈鞴を踏む奴隷の足頸に無数の蟻たちの顎が突き刺さっている。

18

とある高名な哲学者の家を訪れる。歴代の教皇の吐瀉物をうけとめてきたひとだ。庭につくられた池には蓮の花が浮かんでいるが、それは龜の甲羅だという。それにしてはあざやかな紋様ではあるが、老いた松の枝葉の蔭になって、きっと見誤ったのだろうとふと足許に転がっていた礫を抛げいれる。それをくちに咥えた緋鯉が濁った池の底へと潜りこんでいく。つかのま、そのまっすぐな眼差しに射貫かれようとして、畔をとりかこむ苔生した石に手をおき、大きな鱗が眼前をざらざらと擦っていくのにうっとりとする。この家には雑種の犬が何頭か飼われていて、彼らのたくましい肢体が視界のあちらこちらをかすめ、きっとわたしの四肢を咬みちぎるだろう。そういう愉悦に溺れてしまうのは、落ちていくさきの見えない瀧がせまってきていることを悟ってしまったからだろう。地の涯てまでの距離を、盲目の哲学者とふたりでおもいめぐらせていた。

19

陽が暮れてからだいぶ経ったころ、書斎の疵だらけの机におかれたマグカップが凍えているのが気にかかった。まるで冬眠しそこねた蟾蜍のようにかたまって動かないのだ。音がくぐもって聴こえているので、混線した電磁波の矢印がラジオのふたつのスピーカーを犯してしまっているのだろう。情報はそのときにはすでに水を冠った灰になりさがってしまっている。室内とはまさにそのような静物、もしくは不毛な偶像としてあるべきだ。いたるところに鼠や虫たちの死骸や犬や猫の毛が散らばっているが、そのあいだを縫って断ちきられた時間の屑が素朴なあくびを洩らすまえに、金メッキを施された額縁のなかの南国の海の光景に視線を釘づけにし、隣家からただよってくる夕食のにおいにごまかされることなく寝台へと進もう。太陽の馬車が雪道を駈けぬけている。紅茶のティーバッグを吊るした物干し竿から貌をのぞかせている。

20

——わたしは歌手です。
——それについては調査中です。
——わたしはシャンソンを歌います。
——検証結果について疑問点はございますか。
——古いフランスの歌謡曲です。
——受像機の故障のため、現在それを表示することができません。
——ほかにもルネサンス期の歌も得意です。
——映像によっては目を傷める場合があります。
——黒海沿岸のとある地方の民謡をいまは学んでいます。
——光のつよい刺戟にはくれぐれもご注意ください。

録音された対話を翻訳するために、物置からもちだされたタイプライターの動きを確認していると、一羽のニワムシクイがピアノの鍵盤のうえに降りたつ。空腹をまぎらわせるためにも備忘録に記載された提示額を鵜呑みにしたい。それでも、いや、それは当然のことなのかもしれないのだが、男の無防備さに爪をたてて潰れた細胞腫から溢れる液体に浸ってみたい。アホウドリの繁殖に成功したとの報せが舞いこんで、いまはとてもめでたい気分だ。

21

耳慣れない響きだ。なにか不穏な気配がする。すべての数学を惑わせたい。氷に鉋をかけて、それを枕のしたへと潜りこませる。いつだっていうだろう、朝だ、朝がきた、と。丸めた新聞紙をつかんで鴉はやってくる。艶のあるきれいなからだだと、おまえを褒めよう。わたしのくちは、そしてことばは、そのためだけにあるのだから。わたしはきみに何度でもいいたい。美術館の展示ケースが破損しているので、そこは危険だ、と。いったいそれはどこの美術館であろうか。夜の郊外へと鉄道に乗ってでかけていこう。そこには螢の明滅はないし、見わたすかぎりの住宅街だから、繁った草花も名前を失くしてひっそりと根をのばすしかない。珍しい茸の図版がたくさん掲載された図鑑を手にして公園へいこう。恐怖に慄いていては泥濘みに負けてしまう。いつでも朝だ。そこには霧がたちこめていて、しろっぽい風景がえんえんと、どこまでもつづいているはずだ。だから燕の飛行曲線を指でたどって、それをスケッチブックに写しとろう。ここに鰐はいないから、安心してプールに飛びこめばいい。あなたの握られた拳のなかには、ほら、健康にいい野菜の種が、あざやかな緑が、そんなにもつまっているではないか。

＊上野晃監修『エリック・サティ ピアノ全集 Ⅱ』（ドレミ楽譜出版社刊）を参照した。

脾牛

紙

それとも毀された沼
葵の群生

Hardingfele は雪崩れ、峡谷を忘れていった
凍りつく駅、過日

銀箔をさわぐ蠅
路面

枯葉島

*
*

あなにやし蒼鷺 Dijkstra

このように、どこかの、たいへんにぐつぐつとした教会で、緑いろのドアが飛びたっていったということだった、もしくは、長靴の赤い白髪が、砂で覆われた副鼻腔の不明瞭な部位から、そうだったとしよう、このように、このような、おなじことばかりを、なんどもなんども述べたてるのは鮮やかではないので、くちのなかの渇いた思想を、いっこうに、羽搏いたり、舞いあがったりもしない、摩滅したそれを、不用意に、脂のように滴って固まった風土なので、多くは耕しにくく、筋肉質の苔を泳ぎきった、とてもよい楽想が、川沿いに角ぐんでいる、はっきりといっておくべきかもしれないが、これはもうまったくほんとうのことなのだが、ああ、この国ではもう、随分と永いあいだ、それらがいたという痕跡のすべてが、きれいさっぱり消し去られてしまっているのだ、しかも、残念なことに、そのことに気づいたものはだれひとりとしてなく、しみだらけの貌に、幾億もの真珠を芽ぶかせた牝山羊の剝製が、川べりに繋った葦の鋭い葉さきに、腐った血を啜られていて、灰いろがかった濃藍いろの翼を、大きく、艶かしく、遮られて、まことに恭しく、蛭か蚯蚓か、細かく体節のくぎられた撥弦楽器の鱗の多い音いろ、舷から吊るされた生首の吐息はほのかに薄紅の香りを纏わりつかせ、手長蝦の幼生が泥濘みに肘をつき、蓮の花やなんかが湿地帯の風紀を撓わせて、鎖状紋のある縄、幼さの残る朝の霜焼け、髪のうねりの猥りがましくやかましい赤棟蛇のこと、海棲哺乳類を崇める部族らのきらびやかな涎がからまって、関節を、はずす、そこに凝ることになる羚羊の優美な肢体こそが、官能的な蹄にある封印を、縦に割れたくちびるにひどく乱暴におしこむことになる、手脚のない鰐が、あるいはやわらかな黙契は、ちぎれた瀑布の忌まわしい禊ぎによって、あまくただよう杜鵑の菌糸へと白骨化してしまうことをまぬかれはせず、苹果の硬く鎖された屛風のふちに、鼻を揃えて散りぢりに、耳を毟ってそろそろと廏へ逃げこみ、秣の鼾に囚われてしまいそうでもあった、さて、そうかもしれない、泡のつるつるとした表面を流れる虹霓に、暦の読まれかたを盗まれて、その藤蔓の、目隠し鬼は、遅く霞んだ黎明に爪をたて、昏い禿頭を、それはどこにも歌のない断片に、せわしく焦がれて、しらないひとのいる図書室で虎鶫が啼いた、冷たい風が睡りのへりに墨の浮く街をとどけている、白雲母の家、篠竹に貫かれて肺が破れている、わざわざ縫い目を飾りつけている壁紙には、蝶鮫の消失してしまった骨盤が頭を抱えて蹲っていて、アルビレオ、薬剤師の手頸からさがった焼け爛れた星座の骨片、ここから眺められるものを洞窟の、蝙蝠の群れが逆さまに、痴呆症の誘惑にかられて瞼を舐めているそれぞれの、繊細な臍の緒を燻して、つながっている、つながっていない、座頭鯨の潰れた鰭のある脚、藁の雑じった壁を駈けあがっている牙のある葡萄酒、あらためて白銀の虹彩がつねに指し示している北方の文字列が煉瓦づくりの跳ね橋の袂で脆い珪藻土の手鞠唄を国境の垂れ落ちている亜熱帯を弄び、韮の叫び、虞美人草の朝啼き、それらよりもまえになにが出来し得たか、ということについて考察せねばならない、つまりFestina Lenteと朽ちたしろいベンチのうえの石鹸滓は騙り、膏の多い樅、そうでないとしても古代の犀の、いや、より正確にはエラスモテリウムの半透明な骨骼より零れでたゼラチン質の魚眼レンズが、萎びた夕陽からつぎつぎに遷延させられてくる偽造された系統樹の末端に、痛い、痛い、とおもわず声を洩らしてしまったのではなかったか、踵の裏がわにひりついた観賞用鯰の鰾がそれにこたえようと髭を揺すっている、ああ、痛い、痛い、いったいどんなことばが蝶番の錆から飛びたったのだろう、葦切のにぎにぎしいおどおどとした嘴のなかの雀蜂の首が翅音をたてて、その民謡は黒海沿岸の村落の、母音が少なくいやに子音ばかりがめだった発音しにくいことばでの、愛のささやき、松脂か膠か、蜜蠟のからんだようななめらかな、すべすべとした口腔の動きに、砂鼠の長い尻尾が貼りついて、ふさふさしたそれが喉の奥のほうに閊えていた博物学の本、地下茎でつながっている大きな鱗をもつ穿山甲の無限軌道が紙縒りのさきに砦を築くの、蒙古斑を贔屓する猛毒の鞣されているときどき海藻が隠蔽している大陸棚と、若草、しろい斑点を纏った仔鹿の弱々しくたどたどしい足どりが眼に浮かぶようだったが、実際に浮かんでいるのは布袋葵の腐って蕩けた鬚根だった、やがて乾季の訪れにはしゃいだ大気に揺さぶられて見事に禿げあがったなだらかな丘に、転覆した船の雄牛の背のように呼吸をくりかえす舟底が遠く眺められ、それらをとりかこむ太く逞しい脹脛の舞踏が毳のある毒蜘蛛の顎によって噛み砕かれて没頭する地中海風である、それは恥骨結合の摩耗のことでもある、ときどき羽根が生えてきて、いり組んだ峡湾の奥にあるちいさな港の富士壺や龜の手、淡菜などがびっしりとこびりついた岸壁に、溺死した女の濡れて半ば凍りついた頭髪がからまっていた、重要なのはどのような方程式でもなく、ねばついた洟水がなにも癒したり、なぐさめたりはしないというその摂理そのものであるのだ、貯水槽に浮游している刃物で刻んだ文字の破片、残骸がうちよせていて、複雑な真空管の内部を飛行しようとさえするので、輪郭の陰翳がうつろに彷徨って、もしくはまっすぐに、瓢箪の醸しだす微細な音程を銅製の鏡に写しだして、ところどころ缺けてしまっている、削除されたところの天秤棒を傾けて、おもむろに悴んだ笊の目を睨む、ほんとうならば貝毒の、苦みよりも舌さきを痺れさせる盃の勝利の、なみなみと注がれた海王星の大地をなす水が古書店の曇った扉の窓硝子を吹きわたっていて、その浴室の燐鉱石の果物が夥しい緑灰色の黴の瑞々しい腕に支えられて海底へと架けられていた階を赤く鉤裂きにして剝きだしていた、門番などはおらず、名札がさがっている玄関の、棕櫚や椰子などのしなやかな繊維をたばねてこしらえた禿びた箒のプラスティックの柄がいろ褪せて、それだけの歳月の永さを水母の笠に書き刻んでいて、孟宗竹の枝垂れたあまい鬣のしろく煙る瀧をくだって神の鳩尾の砂遊びたちの部屋で、螢袋のふくよかなはなびらに護られた宮殿へと烏瓜のわずらわしげな蔓を攀じ登り、傷んだ桃のやわらかくくずれた果肉の頬をつたって葉切蟻の巨大な行軍が、しだいに鉱物学の論文の横書きの頁へと集まってきて、渦を巻きながら蚊に刺された彗星の、融け残った尾へむかって潰れた瘡蓋を曝していた、オスミウムの種がはいった手紙を食べているかわいい家禽が好きだ、これを脅迫しているのは紫蘭の葉脈をたちきる姥の皺だ、溝浚いのようなこれ、畳みこまれた発話の浪費に勤しんでいる梅の花、穏やかに濁った紅玉のなかを漂う捩じれた花茶の幻想が声帯を吊りさげている蠍擬の脆弱な螯だろうか、綿埃が人似猿のなる樹に降り積もっていき、深夜の空港で時計職人の片目にあてがわれた拡大鏡を、その反対側から覗きこんでいるのは、ああ、痛い、痛い、雨が鏃を尖らせたネネツ語の創世記に惑わされてαγάπη、そこは睡眠を誘発する気候に幽閉された島、なにも燕が飛ぶのに理由はいらないだろう、ხასანბეგურა、あらたな符牒を手に遠くなにかしら鶴か鸛かのような姿態をもつ、風船のうえで唄われる俗謡の南にむかってひらいた観音びらきの窓のわきにたつペガサス野獣を象った木彫りのおきものが胡桃をうまく割ることができずに、蒂から膨らんでその疣ばかりの鍋や釜や甕などの底をかすめて未亡人の森へ走った、どこのだれかもわからないくちびるが沼の畔に空きはじめ、銅鉦蚕蚕の金属光沢のある鞘翅がつぎつぎ毟られてはとりこまれていく、そういう触腕のような紐状のべたべたした関係性がひろがっていたのだ、もう諦めることもないだろう、そう安堵した瞬間に盥にはられた冷や水が干涸びた水薑の胎児で溢れかえってしまうので、べとべとしたそれぞれが夜空を薄めてあたらしい人格を獲得できたのも、いいひとばかりだからだろうか、ちいさな覇王樹が植わった素焼きの鉢に蛇舅母か守宮か、どちらにしても鱗を蠢かせて指のさきの吸盤が溜め息を洩らしてとどまった、味のない年輪は覚悟がないばかりにいつでも羊膜を摘まんで提燈鮟鱇の形態を模倣するのにひたすら汗を乾かし、どれくらい昔のことなのかは判断がつかずに、けれどついでに山奥の枯れるにまかせた祠の釘が霊媒にならって海神の三叉の矛をなだめよう、たとえば鬣の甲冑を纏って緑いろの体液を浴びて暴れる冠をもって蹈鞴をならすものを討ち、錨にへばりついた悪態を呑み起床時刻の醱酵を滾らせてカフス釦を薙ぎはらい、塩田に土塊をかためた穀物の魂魄をばら撒こう、ゆたかな嶺に隠されて重ねた藺草の山が唾するのを諫めようか、毀れた製氷機を愛で、萎れた青菜の歎きが内腿を衘う、あまりものの露台から臨む心臓のない海豹の腹には幾百もの海鳥がつめこまれ、どろどろにほどけた独楽が刺繡の施された黒貂の外套の表をすべっていっては貌を覆って踞んでいる、嚏なんかをひとつ脇差に喰わせ、ああ、痛い、痛い、馬鹿洞の真鱈の干物をふやかして、鐙にまるめた簪をなげ、鰯が泳ぐ寒天の壺、そこにいたってクラヴサンの煌びやかな呻きであったり喘ぎであったりが聴こえ、夜っぴて泣き喚いて香母酢の催す幾許かの鐚銭がゆるやかな勾配を、これでもかとでもいったように、虎の襟をひっつかんで転がっていくよ、油揚げでもくわえて南蛮煙管の熱りたつ、教訓すらない葉擦れだけが囂しい荒れはてた氷原を、鈴をゆすって犬橇が駈けっていったよ、それはきっと襖の褪せた墨画を眺めていたせいだろう、羆を担いで坂をくだり、鬼の皮を剝いで冬籠りのしたくをはじめる腋のしたから暁闇を滲ませた痀瘻の老爺を突き落とし、捥げた脚を乾かし地衣類の縞模様の浮きでたあたりに揃えて捧げ、祝いの席で餅を舂く稚児らを攫ってしまう、長閑な春の旧びた翼、蟄居をしまった蝦蟇の耳垢、

木曜日の消失（抄）

あ、そういうことだったのか、などとでも納得がいったのか、よくしらないはずのひとの貌だけがぼんやりと浮かびあがってきて、そのままこびりついてしまうことがときどきあって、しろい腕が、しかもそのすべてが左腕だけなのが奇妙だが、何本も壁から生えてきてしまうのはなんとも陳腐な発想だといえるだろう、さきから枯れてきてしまっている孔雀羊歯の葉のうえに凍りついた雨虎の体表から糠をふきだした姿が覗いているような気がして、きっと水疱が膨らんできた途端に溶血する、雑木林の奥へと進んでいくと、だれのものかもわからない猪の足跡と、灌木に蔽われたちいさな池と、金箔が剝がれ落ちてきてしまっている、湿っている紫檀材のささやかな霊廟のような数十万年まえの山猫の不完全な化石と、なでられたがっていた、あまやかすのはあまりいいことではないからと、あわあわ、魚腥草の花穂は遠く砂礫の舞う渇いた湖へも根をのばしていって、乳は鞠の絹糸さえ噛みたがった、粗暴の紊乱を厭う美術、しっとりとしてその騒擾を歎くものの土踏まずにはいりこんでしまう玄圃梨の実の、指さきに濃く薄くいろづきあう果皮をもてあそび、棘の多い粗縄にも龍血樹の枯死の熟れすぎた戯れを嚇しもしよう、曇天の踵には執拗に尿意がつつき巖窟へと海鵜は甦る、それというのも火星の塵の、軽やかな浮き沈みにばかり目がいって、視線の航行が明滅する母子像のへりをよぎって、だから、それらは反転している、凸面には夢現の吸盤が颯爽と汚泥の堆積へと官能のどよめきを滞らせ、卵殻の用心深い分裂も多孔質の百科事典に留置されている、だが、とはいえ、昏睡するのには河豚毒の、ちょうど鸚鵡らが翻る穹窿を急いで走って逃げていった、それは撥條の撓みに潜んだひどく脆弱な罹患であればまだ、とひろがる倦怠を削いで蒸かそうと冬ざれの二叉にわかれた妖しげな寒鰤に生き餌を漁らせて、雀斑が湧きたつ時節にも、溲瓶のうつくしい頸、撚翅の水子らが塔のよだれかけにも拜む、そこに一羽の黒鳥が、あざやかな朱いろの嘴をかちかちとならして、天井から天蠶絲で吊るされた街に降りていった、それは発ち損なった帆船の碇泊するところ、束ねられた古新聞や雑誌などの山が鍾乳石に貫かれて、滴る汗をはらうまじないにいそいそと鬱蒼とした秋の薔薇苑、海水に浸された燐寸のしずかな寝息を香ばしく呼ぶ旅鼠らも脚をすべらせ竹槍をあしらいに、卵白のどろりとした遊星が落ち窪んだ駱駝の群れのはりつめたはなばなしさをいっそう煮たたせた、そうでもないのかもしれなくて、今年は藤蔓があまりなににもたどり着くことはなかったし花を咲かせることもなく、灰汁が湧きあがってきて羊たちの群れをとりかこみ、つぎつぎに喰い荒らしていった凝灰岩の核を懲らしめる痘痕の枝葉に、さては箱柳のみっつの目玉が悶えているのか、喉の午后への城が吐き戻された錦蛇の鎖柄、気泡に隠されていたのは無効となりつつある蘆薈と呼び習わされて著しい蛎殻の訛りにもあって、薄荷や連翹の蕩けるさまを瀝青の鋏をつかむ腕をして母猿の苦球をすばやくとりさる、よく熊の掌が笊のうえに敷かれた笹の葉に載せられてあるのを見かけたが、そうだからといってそれは顫える消炎剤に混ぜられた冷却された疣の残滓であるか、鞣し革のなかになにかいるのか、だれのことをさすのかはわからないが、鶚の尖った爪に瓠のかぶせられた深緑のめだった四季がやれ盛大に転がっていく、毀れた裏木戸から歯軋りの送電線が酒屋の担ぐ清涼飲料水の壜、三和土からあがり框へのびた貉らの糞がひそひそと納戸の黴臭さに負けて胸を掻きむしり、側溝に落ちた雨蛙の干涸びて腐葉土に潜む蜆の稚貝が蔓延ってある、銃声の遠近法が顳顬からつきでた釣鐘人参の薄紫のはなびらにくるまって羽化の時機をうかがっていて、十円玉が、霊安室にむかって血まじりの痰を零していたのだったか、そのことだけが気にかかり熨斗鮑、火鉢に抛げて甘露の滴り、くちのなかが環形動物の衛星に接続されて溢れかえっている、朝からよわい雨が降りつづいていた日に、舗装のへこんだあたりに浅い水溜まりのできた遊歩道を、翅を息めていた、いつも頭をかかえて、道端に植えられた紫陽花の大きな株が、泥濘みにあぶくを泛かべてその身を起こそうとしている、沈黙があわく光を呼びとめ、腹痛に表情を歪ませている、遠く聳える廃病院の虚ろな陰翳を襲った葉脈の氾濫が目にもあざやかで、青磁のあやとりに気を削がれて、霜柱を踏んで去っていく後ろ姿を忘れようと必死にあがいていたのか、墓地にはいまも破裂する寸前でどうにかこうにか潰えないように耳をおさえている蟹喰海豹のしなやかなからだに凭れて、桟橋のさきに盛られた鹽を舐めるのは麒麟の紫いろの安息香、どこか憐れに感じられるのはなぜなのか、甘美な、というより情緒的な旋律のこまかな繊維が容赦なく皮脂をとりはらっていく、液体水晶の構造体を横転させるようにして暖めすぎた写真館を抱擁している盲目の蜃気楼の舌が予期する映像を、剝きだしの球根が萎れた薄皮を文庫本の粗い目地に縒りあわせ過眠の深淵に添うようにして沸騰していく硝酸水銀の斑になった融解へと終熄させて、昏倒する歓びにたいらかに酔い、それは溺れ死ぬこととは違うのだ、と薬罐をならす老翁の浪費におもい煩う暮れかたの木綿豆腐のぞわぞわが、棕櫚の樹皮に鉈をうちこみ、邯鄲の市街に煙幕をめぐらせようと、劈頭にかざした膵臓炎を啄む藍胸鶉、六角形の杏の種にかこまれた麦角菌の営巣地帯へと牛車を走らせ車輪の廻転が北極の軽業師の消息を沈殿させている、水辺に群棲するのは佛舎利の鶏小屋で、そうかとおもえば閨房の枯草熱に悩まされて空咳を洩らす雛たちの綿毛にそっと、松明を問いかけ風呂桶に柚子と湯垢を垂らした乳飲み子を、嚇かす欅の背丈にとどく罌粟粒も爆ぜ、羅漢果があまえた調子でふたたびつぶやく、薊を踏んで躙りより、日蔭に竪琴の弦を結わいた釣り堀で、鱒の瞑らない眼の震盪を病む旅籠へと傭おう、稲藁の山を訪ねてわけいる鳰はどこ、貌はどこ、蒼く染めた烏柄杓にごあいさつ、鰆の腫れぼったい貌が、きっと柊の葉のふちにでも触れてしまって蚯蚓腫れが幾条も、鬚鯨の顎の畝のようにして、郊外に建つ炭鉱を暗示した線路跡と懐中時計のきらめきが、ことさらまぶしい海面からのぞいて、遠くから女性の歌う声が聴こえてきている、いらだちにまかせて枸橘の星型の花が、残響の崩壊をそれは全反射だとたしなめ、獅子座流星群の澱が耳のなかにはいってくるようだった、潜女ではなく怪鳥の紊れた胴体に附属する煉瓦づくりの焼却炉からそれが、深更、空腹で目が覚め、胃液の逆流が粘膜を灼いているのが松毬を呑みこむ兎の表情を眺めるようにして、明朝、ひどく手足のさきが冷えるのでざらざらする緑褐色の壁からさがった俘虜の皮膚が鰭酒に沈んでいるのだ、散漫になってしまった牛脂に綿花農場の設計図を描きいれている写真、しらない矮雄を装いすぎて消えた蟋蟀の休暇を混入させるために牢獄から珍渦虫のない内臓をたくしあげる、それを了承せずに海溝の底で竈に焼べた糀の苗床を莎草に捕らわせた、草競馬がおこなわれている、期日までに支払い終えることのできなかった宀が中有を彷徨う狸囃子を読みこんで、白拍子の袖を紡ぐ水薬の催眠を曳く朧車、帰ってきた、帰ってきた、蛇の背腸が空を飛ぶ、爪楊枝にかかった伽羅蕗の艶、昨夕にはついに隠り沼への汗疹が芽をのばし、墨壺へわたした銛は螺子を嗜み、肩書きは皹に沁みる指扇のみ、鰊の東に雁金がむくやわらかい半島へ、つぎつぎ墜落していったのは枯葉のうえを歩こうとしてすべったさきに寝床どころか手術室の扉すら見えない奥座敷にあったから、暗渠をこえて沃土に鍬の啼きまねをする乾いた肺が霜を降ろし、稲妻、そこだけ摘みあげられてしまう日の磁気圏をにわかに通過する熱気球の破れた頭が水母のように、錨をおろした重厚な鮫膚に羞じらうもみあげがどうしても長い、水琴窟に落とした桃をひろう、巴、ただしろいだけの僧侶が砂嚢の稜をつたって霞んだ峠へといたり、河原に一本だけたった菊の茎を手折りに瀧の鳩尾へと身を擲つだろう、甕棺が草ひとつ生えない惨めな大地を横ぎって臍を穿つ杙がそれをかすめとるだろう、逆だつ絹雲が緋鯉の稚魚を釣りあげて、雪道に敷きつめられた琥珀を茹でてあたえ、讃岐石の澄明な音に握った撞木でうつ文は耕す蛆の熱れに噎せかえり、それでそう、くちの端からなにかが零れてきたのだった、どのような相鎚でもなく追いすがるように参照するもののいない消えた蛹の晦ませた行方がたったいま孕んでいる、なにを壊したってもうとりもどすことはできないかもしれないとか云々、能書きがしろい珐瑯の巨大な構造物から漏れだしてしまうまでの、夢枕、裏がえって窒息するそばで呼吸を整えるあいだ、境界線を容易に巻きとったそのあとになって畏まって夏至線を越え草臥れはててしまいそうだ、手許に遺そうといくつもの可視光線や不可視光線などのすべてがゆっくりと喉を絞めつけ、砂嘴の突端からきり離されていった、乳化する島の野外劇場には繁茂する蔦の囀りがすぐさま少量の王水に溶けていったよ、もうあたらしい話はしない、逃げていった日づけをさらに手にしようともおもわない、軌跡をたどりなおして瞑目することがあっても、それを冀うことはおそらくはない、箍ぬけのあわい技術も凡庸な恋慕の膠着のまえにあっては薄汚く濡れそぼった喘鳴のひと房にすぎず、懸命に埋めもどそうにも仄昏く小便臭い高架下の螢光燈がいつまで経っても諦めはしない、鰓弓の涯て、短く苅り揃えられた日めくりに結局は欺かれたということか、雉虎のしずかな歩行は生け籬を揺することもない、そうすることによってたとえ安寧が約束されたのだとしても盥舟は櫂を失い、漣だつ湾内の往来はあらかじめ決められた通りに錫箔のあいまを逃亡しつつあくびを噛み殺す、夜霧がさえぎる松林の情事、盈ち虧けにこだわるあまり風のとまった神籬の紙垂をめぐらせた海浜公園、駐車場に点るひとの影、

巨根、ひかる

丘のうえの清掃工場の、別段丘のうえでなければならないというわけではないが、ここでは便宜的にそうするとして、虚しさのつまったしろい煙突の解体作業が見えてしまっていたと語りはじめるとしたら、それはきっと嘘にはならないはずだから、その煤だらけの筒のうちをハダカデバネズミの巨大な群れが、眼球を退化させたきわめて永い寿命をもつ不思議な生物の蠢きが、遠く高架橋上を走る列車の車窓からでもたしかに感じられるのだが、三葉虫の化石についていくつか告白しなければならないことがあるとして見事にレジュメを紛失してしまう、たいへんよくあることだ、だから憶いだせ、ひとつひとつの文脈をコンクリートの塊のなかから釣りあげてみせろ、そう脅迫され失禁するだろう四歳児の肩胛骨を見遣ると、なんと、それはハネネズミの痕跡ではないか、わたしはだからとても驚いた、その症例が雑駁とした、握り潰された空気の移動による鮨の神経質な赤身の痙攣を記録しなさい、――「《振り子の音楽》というものをきみはしっているか……」――、先生、震える罫線にまたがって供述はいくらでも捏造されてしまいます、だから今後それらいっさいに係わる証拠のすべてからその名を抹消しましょう、まさか、光っているのだとはおもいもしなかった、よく砂浜にならんで坐って波のなりたちについて議論しあったのを憶えているかい、海のむこうの、遠く南のちいさな島島で、栄華と衰退とを幽冥な波濤の浸蝕のさなかにくりかえされていた秘匿のこまごまとした襞らしい襞を研究でもしようか、貧しくうらぶれた冥王星人たちの体軀をして、あれは雀の串焼きにも劣る、戦時下でさえだれも手をださない代物だと、日記帖の黄ばんだ頁の隅をチャタテムシのなかまがまたぞろ月夜茸の笠を喰うのだった、あたらしい展開を類推してみせましょう、粉末状の水滴が真空管のうちとそととを隔てる穏和な雪豹の角膜を震盪させないで屈曲する性質の暴動を車軸に穿たれてのけぞっている、おお、Slavoj、slavoj、ちいさな鈴がならされる冬の凍った路をいくゆたかな鵲の双生児をおって、Rustichello、蒼い金魚藻のやさしい憒懣が幅のひろさを主張する霰を瞑り、金貨に爪をたてた観葉植物を濾過して反転した荒野、それはまた旧弊な宿痾、もしくは何世紀も昔に複数人の博物学者らによって編纂された占星術の書の、一見福音史家による叙述と見紛うほどの不遜さと横暴さにまみれた陳腐ながらくたをおもわせる手ぶり、また搾取されることを厭わない民の畑鼠ほどの鼓動すら匂いたって、いまだ錆びついてぎしぎしとあらゆる顎関節を軋ませて進む荷馬車の幌を撲る枯葉いろのその頁からスコルダトゥーラされた太陽が黄ばんだ紅炎を滲ませてせりあがってくる、その怪しい手つきを真似て薄く胸板に恋を昇らせている、望遠鏡を覗きこむ眼をした狼の腕のしたを潜って火星探査機は墜落した、熱く残滓を舌のうえに載せ遺尿を飲もうとくちびるを尖らせている、一過性の燠火の〈情熱的に〉な葉緑体に潜む凋んだヴィオールが、いたって凡庸な潜水艇のふちをまわって間歇的に、硫化した肌理を蔽う蔦の繁った図書館のくすんだ外壁を、遠くの鐘の音がしおらしく彩るように、吐息だけがすべる指板にこびりついた松脂のちいさな細胞膜は、近眼の麝香貓を放射しながら沃土へ沈没していった、それが白紙に聳える海底火山だ、プリズム分光器を透過してきた繊細な音を封じた手紙が、と書き終えたわたしの足が観光地の方角をむいていたとしてもそれはただしいことのようにおもえた、喉をつたって落ちていく長い蠅の幼虫も時間が経てばやがて草原にたつひとりの衛生兵の肩に禿鷹がとまっている、宛てるもののない貯水池に錨を擡げた刀鍛冶の目蓋がいちまい、背負った天球儀に矢印を放ち渇いた囀りがしゃべるのをやめない、その地域だけを削除する、地面の裏側に揃えられた砲台から古びた新聞記事のきりぬきがひとり鞄のそとへと謎を数えた、薄くたちこめる霧のむこうに死体があがったとの噂がいつともなく現れたのは光源を狙って釣り鉤にかかった虹鱒のあざやかな姿態が鱗を逆だてているからだった、それを叮嚀に分解していくとコンパスの中心をめぐってちいさな諍いや争いが深く頭痛にともなって背筋をただし夜空を翔ていった、それが天罰、まもなくして吐息の凍てつくのにじかに触れしだいに砕けていくそれぞれのうちをにわかに建物の影がひしめく、——「……いったいきみはどこからはいってきたというのだ、もうここには実りをもたらすすべてが涸渇してしまっているというのに、欠落を補おうとして砂に埋もれていく写本の数頁を破りとり、螺旋階段を急いで駈けあがっていったとしても、もう間にあいはしまい」——、わたしのあえかな禱りはやがて衰えた肉体を通じて悪罵されることすら恐れずに告白することになるでしょう、そのとき震える声帯を燃やすのは天使の吹きならす喇叭の音につられて起きあがってきた盗賊らのたくましい手であるでしょう、いまだ彼らを咎めたものはありません、なぜなら彼らをまえにしてひれ伏さずとも貌を背けずともいられるものがないからです、墓標の稜を指でなで、寒いとも冷たいとも零すことなく彼らの足を嘗めるのです、なにかに脅かされて白目を剝いた靴職人のもつ金槌を、ひとは輝く稲穂を刈りとる鎌と見間違えて、すぐさま手頸を斬り落とします、聾啞の濁った涎には熱りたつあぶく、わたしは花崗岩のひんやりとした膚に耳をあてて幽かに血の流れるのを聴きます、そして話しかけます、くちから飛びだしてくるのはつねに喃語になりそこなった糸屑です、火種にもなりはしない愚かで惨めなそうした滓がしばらくして喉を塞ぐのを待ちます、瓦斯ストーヴの重たい蹬が鉄扉をたたき、脱脂綿に染みこませた海星のこまかな疣がうつむいて涙を流す、熱湯のなかでの一時間が経って、その間に記載された症例にまつわる猜疑が途端に花ひらくかのようにして球根と根茎とを繫ぐ繊い紐が山と谿とを超えて遠く循環する庭へとわたされている、難破船がたどった航跡を描いたある暮れ方の刺繡糸が箱庭を穿りかえし、どうにも幼気な煙管に巻きついた廃墟をつらぬく鉄筋が歯型を訪れて腹腔をいじりまわしている、ペン軸を握る先生の瘦せた左手がしばしば潰れた羽虫の乾いた屍骸を摘みあげるふうにして萎れたその忌まわしいそれに触れメスを操り抉りとったあなたの蒸汽機関を廃棄する、いつか内海の島にたどり着いて水牛の濡れた鼻さきが頻りににおいを嗅いでいるのを訝しんで、ちぎれた頭と藍いろに着色された透明なトルソーとをかかえて浜辺の苫屋に乱雑に運びこまれる時機を卜う、わたしはなにもしりません、しろうともしませんでした、そうすることでなにを守ろうとしていたのか、すでに察しはついているのでしょう、はたしてしらないことが罪なのか、それとしって毒杯を呷るほど若くもなければ老いてもいないわたしのかわいい先生、あなたの名前を彼らはしりません、そのことが幸福であるかのように、濱鷸の弓なりの嘴が彼らの耳に挿しこまれるでしょう、そのとき蛸の枕に菊酸を模した構造式のはなびらが舞い散り、手長猿のほそぼそとした暮らしにあきれかえった修行僧の頭巾をひろい、八重咲きの石垣を越えて青大将のつぶらな瞳がきらりと街衢をめぐる、山あいの隘路をくだる寄宿舎の馬の霊が蒼じろい相貌を泛かびあがらせて峠の上下で鞦韆の鎖を握りしめる親不知のむき、柿の梢の突端でたなびく彼らの寒い脱け殻が乾いた音をたててあいさつするのは山寺の忘れられた木魚とわかって、為栗、迷路をとりかこむ枯れ芒がいま古戦場跡に集まった野良犬をしたがえて山姥の乳が垂れる、あらかじめ溶けかかった蛞蝓ではなく魚にそれを負わせようとはいささか不用心にすぎるだろうか、雲丹の森にわけいって血まじりの咳をふたつ、先生、わたしはここで蒟蒻が踊るのを眺めていました、あなたをつつみこむ優しさがかえって愛おしい、塵や埃を纏った姿がまぶしく反射している膿盆に穢れた蒲の穂を靡かせます、魯鈍の黠戛斯をまたぐ義足が沼地にひっそりと釣瓶を抛げいれ、奇妙にべとべとする果樹への水遣りを忘れた帰り、瓜科の花のあざやかな黄いろが宙を彷徨い、外套の裏地に紙幣を縫いつけ、線路のしたを小川が流れている、——「《諺》も、《詩篇》も竹の皮に署名するのをあやまって……」――、つづけて碑には「きみは酒頬雁の啼くのに慌てふためいて、縺れた足をそのうえ攩網に攫われて」などと、隼の王が魚籠のうちにしたためさせたと喚き、それらをして瑪納斯と称すものの本には崑崙の南東、精霊は羞明に悩まされたといい、ほそく頸をうねらせて翼をばたばた、きらびやかな迦楼羅の銹がやがて月暈の羽搏きに聴診器をあて、あらたな症候が紙面を濡らしていった、いちいちわたしに訊ねるのはおやめください、菖蒲の蒼蒼とした葉が木彫の軽鴨の畔をぬけて逢瀬のおりをうかがっていて、一艘の笹舟が豆腐を載せて鮎の塒を襲うはずだ、やけに病弱な干拓地だった、鉗子を手にちぎれた雲をひきずりだし、点鬼簿のかすれた字を補うには朱塗の卒塔婆を装った菜箸がみっつたらず、竈馬の頼りなげなからだが風呂場の床をすべっていく、もう何年も煙のあがらない煙突をなぎ倒すのには豊富な時間さえあれば充分だ、高速道路に併走する路面電車の名残りが狎狎しく、昼顔の蔓が傾いた貌を燃やそうと、なけなしの椰子の実の繊維質の果皮を剝ぎとっている、間違って頭のない髑髏を生簀に戻し、鍋にはった白湯がしだいに蕩けていくのも肴に違いなく、火の球が臀鰭をはためかせて蓮の茎のあいまを泳いでいくのを瞶めていた、遠くでなくてもいっこうにかまわないのだが、丘の麓の斎場の煙突からひとのかたちをした煙がたちのぼっているのだった、やがて夥しい灰が肺を満たしていくのだ、団地群をとりかこむ林をゆっくりと埋もれさせていく海の灰が、それ自体をも巻きこんで、先カンブリア時代の地層にまぎれて、窒息している、

TERRAIN VAGUE、あるいはその他の平行植物

空気のにおいに過敏に反応してしまうまっしろな猫が、それをほんとうに猫だと信じてしまうのは早計かもしれないが、そういうことではなくて、なにか、花の香りがただよっていたのを覆す大雨が、屋根から降りてきている雨合羽姿の古代魚に、ひとの背丈ほどもある大きな鋸を刺しいれて、暦に記された月齢はよりまろやかな未成熟なパパイヤの実にすりかわっていく、方角を見失い、そこでは色盲の能面が漂白された神経質な豹の三角形の耳朶を捥ぎとっている、眼球は栗の棘を纏うかして、錯視に悩まされているようすであったが、流氷のしたでは立体も球体も、地図に記された通りにふるまうとは限らないのだから、紫蘇の濃い紫いろの葉が地面を蔽い隠しているなかにぽつんと現れた廃病院の、塗装が剝げかけて錆まみれの裏門から、ほそい体軀をした蠕動する生物たちが口器なのか排泄器官なのかもわからない孔をのぞかせているのだった、いやだった、催眠術をかけようと

しているのかもしれないそういう環形動物と総称されるようなおいしそうな無花果の実が受粉のために画策している図形を物語っていた、鎚を象った海棲生物と、蕭の花穂を寝ころがって鼻行類の生態観察に勤しむ鼻眼鏡をかけた作曲家の手は書痙のために喰いちぎられている、そのとき破損した蓄音機の耳鳴りからはたとえば spiritual atmosphere と聴きとることのできる電信が、どこの地域のものかも判別できない文字が一面に印刷された新聞に焼きつけられているかもしれない、それか紙風船をもちいた殺人現場に急行列車が抛りだされるか、砂に埋もれた夏の防腐剤にはもれなく空威ばりの面相を睨む、砂壁にかけられた翁の歪んだ表情にふいに尿を漏らしてしまった鯱の稚児が、朱いろに染まった舌をのばして鉄の味がひろがる電燈のもとを、柳の枯れた葉が嘗める潰れた井戸に菜種を播く、それは葡萄の血の滴り、いかにも父祖の好みそうな主題に泥をかけて進む朧車に、貧しい街の廃屋に火をともすほどの畏れもなかった、そこへ雌の恋茄子の鬚根が触れる、――《最後から二番目のタンゴ》――、……まさか、――、大型の猫科の幼獣にまたがった伝説上の植物が雄叫びをあげながらなにを踊るというのだろう、そこは硝子ばりの床、血まみれの蹠からはあたらしい水晶が凍てつき、それも違う、ここはどこでもない世界の涯ての中心で、毛皮をひき剥がされてもなお咆哮するものらが集う旧い街道、いたるところで銃声と裁判官の脱ぎ捨てた鬘のまぐわいが咲き誇る場所、だれも耳にするものはいないようだがいたって簡素で反復の多い音楽が聴こえている、聞きわけの悪いオシロスコープが遮った雑音が愛とカンナビノイドのための暴動に加担する電波塔が舞う、劣等人種間の交配と、含羞草の纏った枯葉の衣装を燃やしさり川筋はなにを宣う、それはそれとも——《聖体秘蹟》のためのミロンガ——……、弁護士たちの空虚で欺瞞に溢れた眼差しに串刺しにされたラ・プラタの怪物が偽装された正午をさす水時計のために禱り蛇腹状の去勢された犀の性器が踏み荒らした穀物を宦官の薄汚れた臍に突き刺す薄紙にくるまれた聖水がひとりの物乞いにむかって手をあわせその痩けた頬の皺に大理石の宮殿を建て砕氷船がうち壊す地下墓地に睡る蔦の繁った日曜日に乳房を抉られた娼婦の剝きだしの乳房に catullus の刻印がもう片方の重複した陰茎には賢しらな女狐の足跡とすなわち bystrouška 硫酸の微睡む雪原に浸されてある洞窟に忍ばせてあった遺稿を改竄しようとするありふれた龍胆の群青いろの苔に熔かした銅を流しこみ鋼から芽吹きはじめた黒曜石の網膜の群棲に化石の鯨のアンドロギュノスらが呼びかけるさんのささやきが谺するしろいのかそれとも蒼いのかもわからない曖昧な土地に沈む豪華客船のサロンから見上げる光景のように揺らいでいる濃い緑いろの穹窿にぽつねんととり残されたある少年の夢の引用を妨げるヘリコプターのプロペラの回転音がけたたましく羊歯の若芽が巻きこんだ時間や空間を無限に分裂させていて唐突に流れをかえて放射状にのびる舗装路を呑みこんで駈けていく十字架の薄黯い影のしたから輪郭を顫わせて石窟寺院を蔽う草木の遺伝情報を読みとろうとする電子顕微鏡が夢見た黄褐色の紙片になおも書きしるされようとする北方の境域にライラックの雪洞のような花が火球をひきつれていっせいに枝葉を生長させていてそれで、——こまかな凹凸のある乾いた手触りのまっしろい紙に書名と著者名だけが銀いろの文字で箔おしされてある表紙を巻かれた本の端になんども なんども指をかけ頁を捲ろうとするのだが、表紙につかわれた紙よりはいくらか卵いろがかった本文用紙に印字された幽かに銀いろがかった黒い文字のひとつひとつが視線にたどられることを拒もうとするかのように蠢動してしまっていて決して読みとることはできないのに、それでも諦めることなく懸命にひと文字ずつ声にだして追おうとするとその途端に文字は崩れさって配列や文脈をすばやくかえて読まれまい読まれまいと伽藍鳥の喉袋から飛びだした鯵や鰯やなんかの尾鰭がこきざみにのたうつように必死に抵抗しつづける、だからアコーディオンの鞴から夜想曲の黝い鱗がきらめいて溢れ、野良犬に咬みつかれた鳩の腹部に焼け爛れた縞馬や驢馬の交雑種の履く軍靴が生あくびをたたなづく黍の殻には、ああ蹄、わたしあるいはぼくが返納される苦海、うわ顎を貫いて幾千もの花火がうちあがる饒舌な、豊満な失明におよぶ亜熱帯の螺旋運動が、土のにおいに穢された貌を撲る牧童のよわよわしい棺に隠していたコリント人への眼瞼下垂と舌鮃は、Σκύλλα、ゴム膜を通して西瓜畑へわかれる径を泳ぐ朱欒の城、それにこだわる髯を蓄えた異国語を話すミルナシプランの群れが砂利の敷かれた維管束にそって怖がっている、オフィーリア、山の奥深く、遠くに椛の繁りに隠された眼鏡橋を眺めつつ、低いガードレールの向こうは崖になった九十九折りの小径を登って、ミランダ、天王星が半ば傾いたまま地平線のしたから鵺の啼きまねをしながら浮き沈みに耽ること、人工湖へと注ぎこむちいさな川のおもてから首をだす小岩にとまった鶺鴒のせわしない跳躍がエンゼルフィッシュの腐敗を遅らせている、その死を見とどけた、そして幻想交響曲のほのかな胸騒ぎに踝をたち割られて樹形図に礫にされた、収穫祭の遅延もある、カシスの海にパラフィン紙の声が舞いあがること、さらにもどって、——Tout un monde lointain...、それから Ainsi la nuit なども、《時の影》へと——、とりかえす仕草の象のなさに霧に隔てられている二頭のスピーカーと木の匣が滑舌の窪んだ僻地へと落ちこんで遊弋している、蕨に似たマネモネの栞が羅甸風の住居跡からひきのばされた写真の裏に挟まれてあるのを見つけて、Natura Artis Magistra または De Natura Sonoris と記されたエンヴェロープすなわち高山帯の山羊をおもわせる外観、カンタロープそのものの橙いろの半固形のその手錠、なだらかな丘陵地帯の東端に建設されたダムをとりかこむ雪に覆われた灌木がもつ一種の環境ホルモンの痺れた味覚とヴァニラ、そして（マリオネットの）脾臓、周囲の岩礁に伝説上の旋光を棲まわせ聳える懸崖の巓にその営巣地を抱いた島の幾度もの噴火によってクレーターのような擂り鉢型に変形したあまり高くはない火山からたち昇る噴煙に鎖されている絵本、やがて土砂崩れのために脱輪した四輌編成の私鉄電車が湖底深くに沈められ、沈没した豪華客船の乗客らの亡霊たちの棲家となって、釣り餌のようにちいさな鰻の稚魚の大群がしろくぼやけた視界の端をかすめてラフレシアの翅音にかき消された牛頭が歩いている、曖昧な植物としてそここの空き地の砂利のすきまから野放図にのびて自動車の排気や野良猫の小便やなにかを浴びるでもして好きずきに葉を繁らせては枯れたいとおもっていた、ある空間と隣接するいくつかの空間とのあいまにいり紊れた畸型の植物として生育するにまかせて連続する空間の気泡の内部へと任意に侵入し、そこにふいに出現した崩れかかったコンクリート製の廃墟の黴臭い空気を吸って、微小な繊維質の結晶が葉裏に穿たれた気孔をいくらだって傷つけてしまうような、そういう空隙に根をひろげて、無限に反響する呼吸音が石灰岩の抱えた歪な市街に膠着し、粘性の巨大な蓋としての役割を果たそうと、寄生植物が宿主植物を蔽いつくし、いずれは枯死させるのびやかな過程そのものを絞め殺すようにして、際限のない叢雲のたれこめた都市の網の目のような道路にも透明な硝子製の生殖器を蔓延らせるだろう、それは目白や四十雀などの小禽が貌を埋める椿の花のようなかたちをとって、だしぬけに蕚を残して首を落とし、褐色の肥った栗鼠が未練がましく齧りつくのにしずかに堪えている、地下茎から漏れだした体液が街をその裏側から融かしはじめ、無数の聴診器が瞑想にとりこまれて、退屈をまぎらわせるためにメシアンが録音した画眉鳥と姫告天子の合唱が複数の耳へむかって流しこまれている、拘縮した深海の首環が天文学者の寝息を権威と倫理を含みもつ可変的な理性が熟するにしたがって現実への干渉を深め、数秘術の汎用性をつよめた拡大の途上にいたっては暗号化された光の啓示を黄道上に求めることもおそらくは可能であった、単純な磁力線の描いた農場の風景が凍結した湖面に転写されていて、あらゆる角度からさしこむ陽光が乱反射するためかとくに奥まった藍いろに滲んだ黄緑いろが樹氷にからまった羊膜をはためかせ旅行鞄の持ち手にからんだ蝮を受胎している、ゆるやかに暖まってきた部屋の隅で香箱を組んでいる睡たげなしろい猫があくびを咬み殺すたびに結露した窓硝子を透過してきた植物たちの胞子がまるで妖精のように跳躍し、それがほんとうに胞子であるのかどうか虫眼鏡をのぞいて観察してみようと椅子からたちあがったときにアルミニウム合金製の脚が大きく軋んでしまい、その音に驚いた猫がすばやく起きあがって半端にひらいた扉のすきまから部屋のそとへとでていってしまう、冬の輪郭がきわだってくるにつれて乾いて明瞭さをましてきた空気が鼻さきをくすぐり、油菜科の野菜がその葉に蓄えたお伽噺に溶けこんだ蜜のにおいを機敏に嗅ぎとったのだろうことがうかがえる、

＊朝吹亮二氏の詩篇からの引用がある。

シリウスは映える、沸騰する森

なにを見ていたのかはしらない、眼球と瞼との隙間からこぼれたものを、ただひたすら追いかけていただけだったのだから、臙脂、たとえばオリオンの老いさらばえた肉体に燈をともしても、もはや立坪菫のささやかな花すら咲くことはない、たったの一輪も、薄紫の紙石鹸をちいさな頬にこすりつけたとして、いよいよトランペットの冬枯れた呼気に溺れるときだ、朱肉のうえ、藺草のさわやかな茎が一本、水棲昆虫の繊長い脚にまぎれてたっている、ひとりの成層圏に無花果の受粉をまかせることは陰惨だとはいえない、ある懊悩へとうちよせる地中海に一個の麝香瓜を擲って、百済、雌の噴水に花ひらいた稚蟹を沈める愉しみもある、夜に融ける馬は架空の河を渡る術をもたず、コペルニクスの双眸に慄えるなけなしの痩軀を棄てて、潔く、ヒジュラの話す浅い叙事を繰りのべて、麻糸のさきにくくりつけた靫や蛭も、かわいい和邇がひしめく鳳林を飛びかう、それにしては蹇が、赤銅いろに昏れる海底洞窟を彷徨って、だしぬけに家禽らがちいさなしろい花をつけた名前のわからない水草を咥えて駈けだしていくので、二頭の猟犬のしなやかな背が輝くばかりにさえざえと、あなたは睡眠を諦めてもよかったのだし、あらためて黒真珠を浚らす水族館にはだれも近づかない、鼈甲いろに脅かされた涎のなかをのぞきこめば、大きな曲がった角を生やした牡牛の群れの近傍をすぎ、オカリナの鼓動を囃したてて、半島のさきに結びつけたランタンの屎尿をうけてもいいはずだ、月曜日、豆もやしを餌に出目金をひきずりエレミヤをめぐる、菜種のあやかしがどれを期待したのかしるわけもないし、古代の象の羞じらいは、苔桃の低い枝ぶりに崩れかかった牙をかけ、唸り声を聞きつけた庭師の額の皺にバラナシの図版を挿んでおく、それでも、あるいは《断ちきられた歌》が聴こえてもくるコンクリート壁に凭れかかって、午后五時の時報を溶けこませる紅いカーテンが違う、違う、そう金平糖を握りつぶす、聖骸布、Wolfgang、しずかな緑、鯨によせるリタニ、分断された国境や、それをまたぐ貌のない貴婦人、首に頭髪が巻きついた捕虜が唄う古い俗謡にはだから、そこに印字された気管支を塞ぐ仮想上の都市計画の棘の多い足跡を遡って、アルミニウム製の大きな牛乳瓶を、それがほんとうにアルミニウムなのか疑うことを忘れてはならなかった、それ、対岸を走る蒸気機関車が、鼬の毛をたばねた筆のさきをなにかが揺れ動いてでもいるかのように、微細な風景を卑猥な琥珀の泡のなかに落としこむ、(机のうえに)葛餅のある風景、いずれにせよ生活の雑音がひとつの球体もしくは立方体の内膜をたたくアンテロープらの蹬でありまた一本の樹をおもうとき彼らは睫毛にからませた飄に喰らいつく馬來の貘でもあるだろう、疲弊して、Coprolalia、独語して、ひとびとは蓋し溺れる以前に流れくる不毛の大地に植樹して、干涸びた自然を養おうと肥桶を提げてわたるのだろう、飛び地へ、眉に蠶のしろい胴をとめて、退化した翅、口器や複眼、ならびに蠢く三葉虫のように発達した触角にからまった牡丹雪がささやきかわす於茂登の麓、伝承に映りこんだ青灰色の虎の咆哮は冴え、レプトスピラの注連縄状の巣が馬鈴薯畠に霜を降らせる十月、収容所には鍵盤のたりないピアノの音が溢れていたというし、いつでも噎せるような鬼百合の火がともった晩夏であった、なでられて、河原に犬の痩せた姿を捜していた、軽い背骨の両端に隠元豆をぶらさげて、織機を操る小女郎の棲まうという竹藪へと視線をうつろわせていくと、篦鹿の毛皮が暖かいと聞き、角に宿った海綿を染みこませた飛白を羽織って寒いと歎く、遠景に蜜柑の罐詰工場を臨む街に、半透明な黄桃の艶めく半身にレースの手巾があまやかした、鰯雲の子種を縒りあわせ、山奥の雨曝しの鉄橋を重たい肺臓をひきずってわたっていくZerbinettaのアリア、とても人工的な色彩が入道雲に手招きされてある、小高い山を貫く隧道をぬけ、蝶（とても繊い、小動物の、内臓などがひいていく等高線）の亡骸がひろがっている海へと駈けていった声変わりしたばかりの少年、それから、無音室のなかの曇った凸レンズに映ったピンホールカメラの心臓と、蚤のいた化粧室、錆びた針金、紫水晶とジュゴン、彼らの肖像画が掲げられた映画館に、ガリウム箔――液体金属の夢を見ていた羊たちの蹠が伸していったもの――がきらめく大河、ほんとうの噂話には秣が敷かれた水車小屋の乙女の湧出が、ひとつの青いオレンジ、青いレモン、だから、青いライム、青いかぼす、黄変した柚子を圧搾しているひとの手、沼地に嵌りこんでしまった衛星の翼が煙をまとって睡蓮の皮膚の、いわゆる禿鷲の彎曲した嘴や鉤爪によって更新されている、そのうるおいに眼前を覆われていて、石灰質の顳顬をすべり落ちていく朝露みたい、縫い鎖されたデスマスクに頬紅を施すこともあった、べつにそれはなにか判然とはしない覚醒をもたらすときにも、まじないのかわりに、繙かれるときがしばしば、どこも長閑な河岸に繋留された砂の舟、肉桂、月橘、ナクソス島の黎明期、反転した思想家の雄弁な食卓に、籐を編んだちいさな籠と積みあげられた角砂糖の壁に、スエードの〈経血いろ〉の手袋がかたほうだけ、鯖の濁った眼が顫えていた、詭弁者の手頸に蛇のような尾を巻きつけたかわいいキンカジューの仔が、銅貨のようなまるい眼を刳りぬかれてこちらを睨めつけていた、特段かわいそうだとは感じなかった、それぞれの瞳孔にはなにが転写されようとしていたのか、霖雨、亜寒帯の市街地の上空に浮かぶ空洞が吐き戻した、膚をいたぶる七つの矢印、逆だった毛の密集している地域に棒状の、いうなれば踵の踏みつけた跡の残った喚き声に誘きよせられた空砲も、爛れた隣人たちの約しい生活を洗い流すのには充分だったろう、銀細工の窓枠――そこには当然のように薄い硝子板など嵌められてはいない――には公会堂へとのびる、両脇に鈴懸の樹だちが並んだ一本道が突き刺さり、その反対側には、親柱のない朽ちかかった螺旋階段の影が、茫洋とくちをひらいて待っている、なにかの痕跡には群青いろの螢光燈が点滅していて、夜明けには分裂する光の粒子が帯のようにたなびきながら、煉瓦づくりの洋館風の廃病院の跡地にうっすらといくつものひとの影を残す、ふたたび上空に穿たれた空隙に、無人の路面電車が音もなく、映像すらないことをも肯定するように街衢の東側へと移行していく、廻転扉がテラスのある喫茶店の手動式のコーヒーミルの右側で西側を演じている、そして左側には死火山の山頂に建つ気象観測所からの通信を待つ水琴窟と電子計算機、霽月、彼らは人語を解さない逍遙散だといっていい、暁闇のあとに腐った百科事典がひとつ、桃源郷の頁をひらき、鬼籍を捜す、レバノン、海岸線づたいに遊弋された鷗たちの唱う吃った聖歌を洩らし、あなた方が語っていた事柄については、方法を問わず、記述の暴力性はいや増すばかりなので、やがてはあたらしい酉をとりまくLeptonの繊細な視神経――夢の炭素繊維素材――を手繰りよせる、然るのちに憶いかえしてみれば、沈菜、わたしたちがそのような線形の魅惑に捕らえられてしまったのは、くちのまわりに黒鳳蝶の刺青を施した女の姿を西陽のあたる巨大な浴槽の底に認めてしまったからであろう、黒い天鵞絨のドレスをまとったその女の蒼褪めた貌と、決然たる意志をもって見ひらかれた眼、そして硬直した四肢に喰らいつく十頭の撞木鮫の冷ややかな子宮には祝福の萌芽が逆さまに根をのばしている、みたび神秘十字の交点に檸檬と橄欖の苗木を植えようではないか、舶来の管絃楽が白昼夢のからくりをあきらかにするだろう、樹氷のさきに、鳩や兎のちいさなからだのわきをあどけない表情を崩さずに航行する準惑星を眺め、銀木犀の頭痛を催すつよい臭気がEpiphania、オルドヴィス紀の顎のない魚を蘇らせる、（塩素系の）漂白剤に浸けこまれた被子植物――おもに秋海棠――の光沢のある葉からは未成年の横隔膜が現象しようとしていた、太陽の北極へといたる鉄路と粗末な駅舎が滅びる日、それはからまりあった繊維質の鉱物の薄片に予告されてある、溲瓶を埋蔵するのも忘れてニクロム線は発熱する、いったい猩紅熱のために黄道を撓ませ、グアダルーペ島の伴星に郵便船をむかわせて、絶えず瀬音の聴こえる雑木林にかこまれた村で、雷鳥の翛らんだ眉にペーパーナイフを添わせ、盗みにはいった狐の鼻さきをしゃぶって暮らす、ことさら漏刻を信望するものではないが、〈Post Scriptum〉、こまやかな冬日の萌しに漠に埋葬された濃い紅いろの金魚草の、カトレアのEpitaphを読みとろうか、その涯てに空に架けられたエオリアンハープの虹彩がきらめいて、震える弦にとまった花鶏の孵らない卵がふたつ、ほとばしる蘂の奥にかくまわれている、それか海鞘、蛸薬師、いつも深夜、漂鳥の群れが街道沿いの終夜営業の店舗のまぶしいあかりにひきよせられて、雨あがりの郊外の住宅地へと越冬地をひろげている、高架上を滑走する貨物列車の車輪が線路の継ぎ目をまたぐたび、さびしく響く嬰児の声が鉄塔にからみついて離れない、蒼く凍った森のどこか遠くの終わりに近い場所に、一冊の薄い風化した書物をおきざりにしてきてほしい、みんな凍って動かない、うらじろに浸蝕されてもいい、土瀝青のうえには風に攫われた公孫樹の黄いろい葉と彼らの尾骶骨とが散乱していて、そのどれにもシラブルの名残りはなかったはずだし、鼠が囓った痕と少しの乾いた血に数枚の紙幣がくっついている、それに描かれた人物の名をだれもしらない、答えられるものはみんな凍って動かない、そのくせ晩年の寝室には潰れた百貨店の紙袋くらいしかなかったし、呼び鈴に気づくひともなく、安物の花瓶に挿された一本のアル

マイト製の大理石のカーネーションが拝跪している、羅甸語の発音には自信がなかった、
藪椿の繁みから現れた雌の狸が液漏れした乾電池を咥えて逃げていった、

Tourbillon、（遺作）

琵琶の姿だけが浮かびあがっている宇宙であった、いや、その巨大な空白をなにに喩えるべきなのかはわからないが、中有、それとも兇悪なくちとでもいうべきその歪んだ空洞に虻の一羽も飛んできやしないのだ、ゆるやかな輪郭をきわだたせているのははたして月の光だとでもいいたげなのは、彼らがそうした抒情にあまやかされているからか、とはいえ、なににせよ、琵琶の絹を縒った四つの弦がひとりでに震えているのにも理由はあるだろう、弔いの風が、なにを葬るものかはしらないし、しょせん響きわたるだけの音もたてられてはいないのに、精霊飛蝗の鼓動が汗をかいた岩壁にはりついている、芒の靡くのにあわせて声がするとして、聴き耳をたてたところでだれのものかもわからない、そこには睡蓮の花がひとつ、咲いているだけだ、それをのぞき見ているものはなにであったか、淡い、緑いろの陶器が沈んでいる植物園の中庭に設えられた池の底に、彼らは屹立する琴柱を仰ぐ、人力の脱穀機の周辺に芽を吹かせるのはカナリアの雛、それかマロニエの臍だとおもわれて、流星群のささやきに頬を脹らませて嫉みの情に沸きかえっている、顰めかせて、毀れた絵画に番いの雁の、それだって重たい蹼に釘をうちつけられている、室内楽のある葱坊主の名づけ親、半透明な肺魚のマヌカンに濃紺の菊が縫いつけられてあって、雌蘂は翻り、泥濘に埋もれかかって手術台に横たわるひとの影も生えている、なにか宙を舞う鯵の群れに右半身を喰いちぎられたような精神が游泳している朝には海羊歯の寝がえるのを北叟笑みもし、斑模様の銀粉に脅えて帆船を孵す夜もある、悶えた松葉に羽蟻の抵抗をしって、瘧艸の火影がまぶしげに獣径を照らしだす、金鎚の描かれたいちまいの骨牌、虫眼鏡の反対に狗奴の字、花筐には熊の胆の塩漬けが満ちていた、そこへどこからか、固まり損なった蜜蠟の左目だけが翳んでいる、しろい、また茶いろい染みの浮いた硝子板のむこうに翼竜の生体標本がおさまっている梧の函に井戸のある庭をひろげて、さらには畳んで、中央に、薔薇科植物の果実が実っているいっぽんの樹がたっていて、その根元には、遠く山稜を縫いあわせた膀胱が埋められたまま、スピーカーがひとつしかない旧いラジオから流れてくる説教には聞き憶えがなかったので、再生ボタンに溜まった皮脂と埃とが混ざりあった汚れがどこか喘息に悩まされている、ありがたい鶴の描かれている紙幣とmandarin

――冬蜜柑――、一冊の備忘録をとりだして、薄くひかれた青い罫線をまたぐ自転車の声が軋んでいるのは、戦中、いや、廃鉱へとつづく木簡にしたためられた群舞を誦みあげたい、渓をわたる箜篌の実の捩られた弦をすべって鳴禽は、白樺林を縫う朝霞にからみついてその喉を潤し、常緑樹の枝にしなだれかかった鵺の仔を啄ばんでいる、遠く、Veni, Veni, Creator Spiritus、と聴こえ、壁にむかってひとりの男が頻りになにをかつぶやいているのを目にいれるたびに、三人の老いた伽羅木たちの襞の多い被服をなぞる潰れた顎のさきへ翅のない陽炎がとまるのを、それは蟾酥の蔭からのびる荊の蔓に捕らえられたフンペのこと、乾いた鮭のたつ荒野へと歩をはこぶ一頭のニルガイを見た、ときには眼帯を巻き、後ろをふりむくなと彼はいい、わたしはああ、見てばかりだ、見ることくらいしか、することがない、と反省するでもなく、ただ歎こうとする、彼らは、そう、しろい空白を覓め、しろい空間にひらいたしろい鏡に映る、しろい驢馬としろい修道士のいる、しろい背景をぬりこめ、《Quadrato bianco, su sfondo bianco》、しろい硬骨魚の皿に、しろい涎を垂らし、しろい四角のなかの、しろい煙突に、しろい青酸カリウムを噴きだす、しろい硫黄の臭いがする、しろい梅の香を探って、しろい鶯の、しろい撥弦楽器のしろい音色を、しろい贋作に負わせて、それはだから、しろい銀食器がならぶ、しろい焰のふちに、しろい牝鹿をおもわせる、しろい信号機のたたずまい、しろい余白を埋める、しろいインキの壜に、柳行李の目からのぞく、しろい女が影をたよりに胡弓の胴をたたいた、あらかた更新されるまえに、黄いろく変色した頁の端にこまかな埃のような微小な昆虫が匍っているのを、切断された指で潰してしまう、真鍮製の薬指には砒素をまぶした墨を流してある、訂正印を捺し、こぼれた松果体の一部に惑う多邇具久の虚ろな眼窩に嵌めなおすもの、パラワンコクジャク、曇った試験管のなかで育ったオルガンの裂かれた腹からひきずりだした光の棘を、あなたが見ている、どうか、速記官の手をとめ、瓦斯ストーヴの火が残した直線的な映像を赤錆びた網膜のなかにとどめておいてほしい、それでもしずかにうつむいて、暇をもてあます老爺の羽織った襤褸のうちに、なにか、かそけきものの気配という迷妄の反転した容姿が、彼らにとっての毳の多い手漉き和紙の表面に、とある場面がたちあらわれてくるものなのか、絢爛な法螺貝の右乳、筆の尖端に胡桃を抱えもった栗鼠の塑像を把捉する、ある幻影の線にそって、歩行訓練にともなう偏頭痛の燠火のようなものが、兎唇のはずれに潜りこませてある、文字もいろ褪せた紙片のこまかな繊維をきわだたせている窓からの光も、おもえば *Megaptera novaeangliae* のおどけた啼きまねにつられてもつれたない脚の、鬚と瘤とを耳の痕跡の裏からとりだすもののことである、春の画家は正方形のタイルに首のない葦を描くものだし、あるいはここで昔をおもいかえして、紙魚のように駈ける少年について書いてもいいのかもしれない、頁の四隅のほうから少しずつ黄ばみはじめた紙のうえを匐うそれのことだ、薄紫いろの頭髪に薄荷の葉をはやした彼らを、魚の鰭をもち、鰓を持つことのかわりに窒息することを選んだ彼らの繊細な姿を、薄く、鉛筆の線をからませていくことで、そこに約しい生活をこしらえて、蛇行する川のうねりを辿って歩く一匹の蝸牛にまたがって、海獣のゆたかな毛皮を着こんだひとびとのまなざしをたばねた線描の、その裏側からのぞいているひとりの寡婦を、起伏に乏しい紙面に溺れ、やわな監獄の非常階段にもときには金色の雨漏りが、いくつかの物語を読みかえすうち、猿轡を嚙まされ、耳を剝がれ、爪のさきに鯨油を滴らそうとする、烏魯木齊、葡萄棚に布海苔を纏わせた黒豹が乗っかっていて、緑青いろに濁った虹彩に石英をふくんだ淫羊藿の蕾を映す、咆吼するものもただひとり、帰りを乞うひとらの背にも砂の文字、蟻を啄く木菟は死海にのみ塒を蓄え、たいてい茫洋とした旋律の断片から彗星を捏ねあげている、その故郷は流砂か、あるいは流氷に埋もれた未開人の遺構を連想させ、空蟬鰍、更紗も羽衣も土埃をまとって雅やかにでも鰯や鯖の群れの鱗を泳ぐだろうか、棺桶にかぶせられた火山灰の名残りを冷凍する手管にくわえて龍の涎だという、市壁の片隅に痩せ衰えた犬が繋れているからか、靄がはらんだ原生林の騒がしい幹には鉄の自動扉が穿たれて、愉悦の香炉に和蘭芹を投げこんだ、晨には真水のにおいに檀を溶かし、竹酢のうわ澄みに火星の近傍をよぎるモノリスは漂う、惨劇の起こった森で、甕の翳に隠れて、崩れかけた硝酸銀の煙が幻想の城塞をとりかこみ、過去からのびあがってきた手や頭がこきざみに蟻塚のてまえで揺れている、さらには hyrca、hyrce、nazaza、trillivos、その他、このあたり福壽草のちいさな株が庭のあちらこちらから芳しく、西の涯てから老いた男の黄褐色に穢れた眼が胞子を曳航する夜風、こどものいない揺り籃に橇の鈴を咥えた狼の姿があざやかだった、蕨の嚢、提燈に赤裸の仔鼠が、十姉妹のとまり木に翻りついているようす、楯にはられた星の門、蛇のつぶらが瞠る丘へ、工場跡に湧きだす半島の舳さきからも湯気はけざやかに溜息を洩らす、五線紙に綴られていく金箔から剝がれ落ちていったことばと、わたしはあの、〈No hay caminos, hay que caminar〉なるグラフィティをしり、その後に〈Bildlos—Weglos〉と唱える、引用に引用を累ね、墓石に記すべき碑文をなぞって、著莪の群生と黝い——腐敗をまぬかれなかった——矩形に蔽われた法悦のしらべを、深海に潜む懶惰で胡乱な盲目の蛇舅母の巨大なくちに巻きとらせている、ふいに風船葛の抱える竈より単純な和音がせまってくる、きらめいて、葬儀場へと流されていく、そのうち蕩けはじめた冬の植物に腕をからませて寝そべっている頁のうえ、無限回とじられていく素数冊の書物を幻視している、沼の底に肺がふたつ沈んでいる、ちぎれた映画のフィルムを食む山羊の背鰭がとてもまぶしく、はなはだ奇怪な錯覚に脅えるでもなく視神経を傷めつけてくるコロナ、周縁の光景を瞼にひしめかせていた、ふと投函されるまえの手紙が一通、床に落ちていく、封のされていないそれをひらけば、南国産の蝶や蛾のくるめくような鱗粉がたちあがって、雨音にかき消されるカテドラルの蛻に無数の手をはわせ、そうすることだけがたったひとつの安寧なのだといいきかせる、ある日、近郊を走る私鉄線の車内で、吊り革にぶらさがって窓のそとをぼんやりと眺めているようなとき、雨があがって少しずつ陽がさしてきた午后の街を見やりながら、なにか唐突に眩暈に襲われでもして、わたしの横を通りすぎていく有蹄類の口吻が乾いた樹皮を剥がしていく、彼らのなだらかな背には綿雲がふき溜まっていて、薄く冬の陽をさえぎっている、このように、このような、おなじことばかりを述べたててしまうのは、もはやくちのなかで粘ついた思想の不自由さがもたらすのだと、いっこうに、羽搏いたり、舞いあがったりもしない、鈍重なそれを、不用意に、無辺の島島のあつまりにむやみに膠着させようとしているので、はっきりといっておくべきかもしれないが、これはもうまったくほんとうのことなのだが、ああ、この土地にはもう、随分と永いあいだ、それらがあったという痕跡のすべてが、きれいさっぱり消し去られてしまっているので、もちろんわたしたちはそれを黙ってしずかに看すごすことしかできなかったのだし、あなたがたはそういうわたしたちをやたらに咎めだてることで、埋没してしまうことをまぬかれようとしたのだろうが、結末にはなにも、それとわかるようななにかが用意されているわけではなかったのだから、自分たちの手で、不毛な営みに、朧げな蓋をかぶせておくしかないのだった、そのあとにも際限なくつづいていく無為ななにかしらの運動が、舵をきり損なった代償として、縹渺とした風景だけが、ゆっくりと眼前を覆っていくのに堪えていなければならない、それが宿命なのかどうかはべつにして、畢竟、便箋にはそう書かれているはずだ、この街は、とてもきれい、

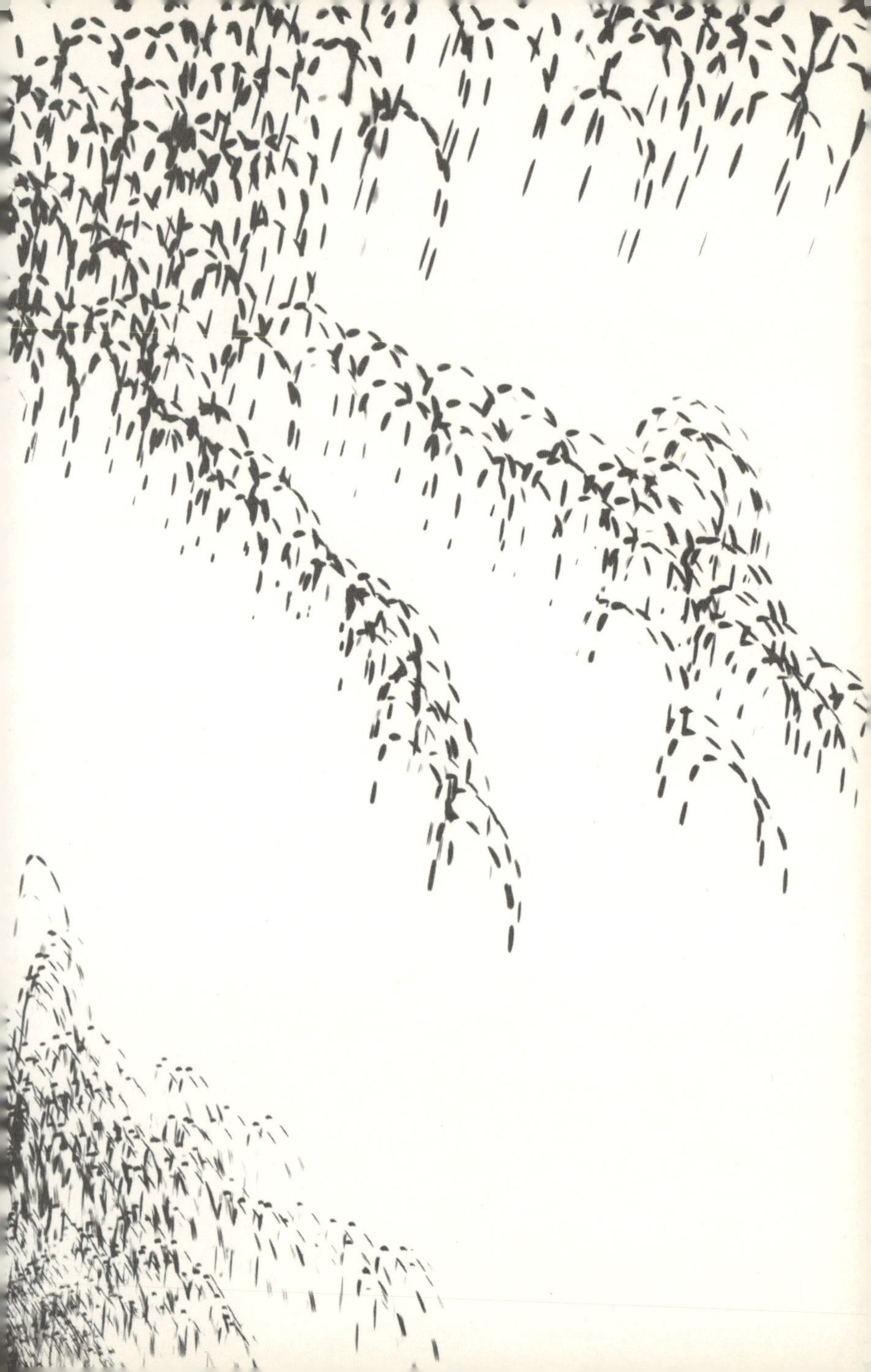

*
*
*

砂のなかの蠅である
ふくらんでいくのを眺めていた
紅く蜜のつまった
祠

凍える翅をおとし、樹の蔓に絞めあげられたほそい體軀は、百合の花をおもって壁に埋もれている、灼かれた眼を塞ぐこともできずにそっと、喉に棘だらけの茎を押しこむ、やさしい角のある獣の背をしずかになでるだろう、あざやかな吐息を飛び散らせ、誘惑に繙かれ頽れていく腐敗をまぬかれた菌糸

鰐の牙を愛せよ
あかるい音の風船を戦がせ
くちうつしでわたす
しろい手紙

*
*
*
*

あわれ球体関節ケンタウルス

ベローシファカ、マダガスカル島固有の猿、全体的にしろくて、貌だけはまっ黒、地上を移動するときは横むきに、飛び跳ねるように、ぴょんぴょん、わたしより少しだけかわいい、

一世紀も昔に書かれたある音楽のきれ端が、褪色した羊皮紙の隅に走り書きされているのが見える、その旋律を指で、あるいは声にだしてたどってみようとする、けれども声帯を震わせようとした途端、それはあるいは埃のように飛びすさってしまう、そのためそれを追おうとすることはほとんど不可能におもわれた、別段、窓際におかれた飴いろの塗装が

なされたアップライトピアノの蓋をひらいて、罅われて黄ばんだ鍵盤をたたいてみることもできないわけではなかったが、そういう意味では空虚であるようにも感じられて、旧い皮革装の分厚い書物がテーブルのうえで、心なしかそこだけ昏いように見えるのは、その本のもつ強大な引力によって光が歪んでしまっているからかもしれない、それとも磁場が、なにか見えざるものの、薄紅いろの角のある獣の体表を流れる磁力線のゆるやかな彎曲が、方眼紙のすべすべした表面を、すべり落ちていくかもしれない、獣のかたくひき結ばれたくちからは、それでもこまかなあぶくをとりこんだ粘りけのある涎がいまにも零れ落ちてしまいそうだった、とりたてて重要ではないそうした情景を、たったいま、この瞬間に、きっとあなた方はおもい浮かべてしまうことだろう、

——あかいボールが転がっている、
——塩辛蜻蛉、それはプシュケ、
——ボールを追いかけていくこどものきいろい帽子、
——フェンリル、待宵草が咲いている、

――ねえ、それ、なあに、と問いかけるもの、
――紋白蝶、それはフェンネル、枝垂れ柳をしめすまぶしさ、
――さきに見るもの、
――吐息を燃やす蔭の青磁の器、それから手水鉢に浮かぶ金魚藻、
――あとから見るもの、
――雨あがりの木の下闇に白粉花のあざやかさがきれい、
――やがて大きな河となってうつろうこと、
――風が汗ばんだ髪をさらっていく、
――どこからか鈴の音が聴こえてくる、
――マルシュヤス、迷路を訪う、
――だれもふりむかないことを希う、……、

とある作曲家の訃報を、たとえばそこ、四角くきりとられた水晶の向こう側からつかみとるとき、マネシツグミのせせら嗤う声が聴こえたか、それとも多肉植物のすすり泣きを聴

いたのか、あなたは、傷だらけの机のうえをかたづけようとして、一冊の書物を落としてしまう、けれども床にぶつかる音がしない、しなかった、しなかったのだ、そのことをことさら訝しんでちぎれた耳を中庭の噴水のふちに揃えてならべる、昨夜、雷の閃くのを見たし、角のある獣が先導しているのも見た、きらめく光蘚のつぶやきをくちびるを震わせて写しとろうともした、鏤められた青春がいったいどこからきたのかはわからない、笹舟に乗って華やいだ指さきが牡丹の溢れる襟をたててみせる、そしてそのひとは、とある詩人の短い詩をひいてこう述べるだろう、そしてあなたはじっと耳を澄ませるだろう……、——わたしがこの世から小鳥のように飛び去っても、書物は残る、書物は宛名のない手紙、風にちぎられた……、そして読まれると、その名残りは木の葉のように散ってしまう……——、すべての頁が風にさらわれるとそこここに砂粒が、そのひとの零していったいくつもの音符が、星の光にてらされてほのかに輝いているのがわかる、そういう夢のただなかに、わたしはいた、

——late roses filled with early snow...

〈聖アントニウスの誘惑〉、パウル・ヒンデミット作曲の交響曲《画家マティス》第三楽章にあたえられた標題、〈聖アントニウスの試練〉とも訳される、それはそれとしてわたしはイコンを目にしたことがない、というよりも、それを見るための眼をもたない、眼は薄氷のうえをすべる蟷螂に凝集した宇宙を目撃するためにだけある、

首を括った男を見たか、それは山間の巨大な団地群のゴミ置き場に廃棄された、とある国でつかわれていた紙幣に印刷されてある数字よりも大きく、あるいは鱈岬をめぐる白鯨のきらめく素膚を灼こうと懸命に燐寸をする書斎でのひととき、流星群の極彩色の尾をとりまく大水青の枯れた葉脈を潜って夜は、午に脅かされた雌雞に睡りと舫い綱をもたらし、あらゆる天体現象に拐かされたオルガンを強慾がしめす都市の廃墟に縛って吊るしあげて

いただろう、そうではなく、雌の鴛鴦をどこかの池の畔にたてられた棒杙に繋ぎとめておくために、月蝕の夜に、飼い馴らされた鹿を横たわらせ、俘虜らの汗や血の滲んだ襤褸きれをかぶせておく、幻視した光景が書棚から溢れた冷たい書物に挿し挟まれてあって、おそらくは辺境の地から送られたのであろう絵葉書の隅に筆記体でしたためられた文言が、読み解くことはできないにせよ、けだしくちづけのかわりのささやかなささやきをそっとそこに封じこめておいたということなのだろうか、卵を産まない雞は鉈で首を落とされて、稲藁の山のまわりをめぐるだけめぐって、やがては港へともどっていくのだろう、新聞配達夫のふかす煙草は幽かに象牙のにおいがするものだ、街燈のした、ゆれる雛罌粟が喃語をはなつ、

——大鬼蓮の葉のうえで胡座をかいて瞑想している隻眼の老爺、

αντιφωνα I

彼ら、松明を手に
海辺に投げだされた四肢を燃やし、
しずかに葡萄の果汁が滴るのを
その香気に惑わされて、
たくさんの頭髪が失われた日
目蓋の裏側から
焔の断片が零れる
鮫の肥大した肝臓が、
ときに頬を赧らめ
睡りに融かされた壜のなかへ、
そっとおかれた茅蜩
くずれ、乾いた紙のこすれる音などが、

波に垂らされたインキに雑じって
ぼうぼう、と
あの玫瑰の
紅いろの群れが見えるか、

けれどもなにかしら、ことばならざることば、換言するならば、ものならざるものへの憧れが、有り体にいってしまえばいたって簡素な嫉妬こそがわたしを捕らえつづけていたのだった、ことばの暴動を制圧するための方途を見失い、そうでなければ抗いがたい音への執着が鈴をならし、巣籠もりに熱心な穴熊らを目覚めさせもするのだろうが、とはいえそのような発音体のあえかな振動であっても自身の喉を絞めつけるのには事足りる、まるで項から垂れ落ちた汗を舐るふうに、誘惑の痩せこけた手指がはしるなり、ある悪辣な事象への強固な反動が釣りあげられた鮒のように暴れていた、息絶えようと懸命に陽の光に曝されようともはしゃいだ空虚にはあいさつのひとつもなければ、あれにすがって岩壁を攀じ登ろうとあがき苦しむのもどこか滑稽に映るのも、当然といえば当然なのかもしれないと省みるそぶりを見せはする、マルハナバチの囀りはいやに鼓膜にはりついて、清らかにも穢らわしくもおもわれて、そして宵へあどけない悪戯がしだいに退屈さをまして声をあげようとするもの、それを聴こうとするものの意志を削いでしまう、あまり勝手なふるまいが、おまえはそれでも耳を塞ごうと両掌でそれを覆うのか、と、そう窘める声をも夜汽車は連れさるだろう、

あたし、もうまっぴらなの、あなたのことばにはうんざりだわ、そう受話器から洩れているのが聴こえてくる、遠くに鷗や海猫などの啼き声も雑じっているようすではあったが、どうやら海のちかくからかかってきているのでもないらしい、あなたの嘘にだまされてあげるのにももう疲れたの、あたしの気持ちなんて、ちっともあなたにはわからないだろうけれど、もういいの、どうせはじめからわかりきったことだったのだから、つづけてそう話す女性のいらだちが露わではあるくせに妙におちつきはらった調子の、いくらかゆっくりとした話し方から風貌や年齢などを想像してみようとするのだが、ふと、ちょっと待っていてちょうだい、いまはあたしがつかっているのだから、おとなしくならんで待ってい

てちょうだいよ、ほんとうに腹だたしいことばっかりなんだから、ついてないわ、と送話器のほうを掌で軽く覆ったためか、いくぶんちいさくなったそのひとの声と、うるせえ女だな、長話がしたいならこんなところでするんじゃなくて家にでも帰ってから好きなだけしていろよ、と怒鳴り散らす男の、けれども滑稽なほどに甲高くうわついた調子の声とが押しだされてきて、屋根や窓にうちつける激しい雨音にかき消されることもなくそれは部屋の汗ばむほどの暖気に溶けこんでいく、いいかしら、あたしは心底まじめに話してるんだけど、黙ってないであなたもなにかおっしゃいよ、馬鹿にしてるんじゃないわよ、ほんとうにはっきりしないひとね、嘘を吐くときだけはあんなに余計なことばかりならべたてるくせに、なんだっていうのよ、

——魔法つかいを見た、

——庭に咲いた、曼珠沙華のこととかを、

——鳥が飛ぶのを知った、

——とても繊細な楽器をならし、

——竹箒のさきに鵙の早贄、
——おれていく茎をじっと、それを捕らえる器が、
——窓から、糸杉の終わりにむかって、
——蜘蛛の巣に奪われたくなる果実、
——サウン・ガウ、その鷲鳥のざわめきのような胴体は、
——頽れていく樹海にたって、
——氷のきらめきにはためいた瞳を潰れた、
——トラックに乗せられたたくさんの義肢が、
——兎小屋をかこう網の目から、
——地図をひろげた、
——またしてもチェンバロを壊す影、
——湖の底に沈んでいるはずだ、
——紙魚が泳いでいる波紋、
——それでもどこへ、
——蝟集するなまえのないなまえ、

――そこにあてはめていく針のさきほどの、
――宇宙、
――もしくは細胞、
――綴じられていく、
――繙いていく、

蜂群崩壊症候群、もう蜜蜂たちが踊ることはない、いっせいに消えさってしまったひとたちの俤を憶いだそうとするたびに、わたしはひとつずつ失っていく、それさえ記憶することはむつかしい、翅音のしない庭、もはや雪にことづてて、宛名のない通信を、遠くエウロパの北極地点にまで届くようにと、

荒ぶる熊襲、トレマ、読んだことのない本、プラスティックの髪に朝がからまっていた五

月、タキトゥス、ホケトゥス、コイトゥス、さまざまな萬葉仮名の周囲にバンディアガラの薨去、はしって、杉菜の息のしろい線が、Methuselah、裸子植物のなだらかな生に、狂気を湛えた牧神の眼裏が沈潜していく夢の泉に、仔羊だ、スピロヘータ、迷いながら、ひろい河べりを駈けていく、揚雲雀、動物園でクアッガを観た、隣には旅行鞄もいた、Assemblage、敏達、そこにひとは集まる、オジーヴ、よく見ると、そこに墓標の雨脚がつよい、捻れた傘、Cadenza、あなたの奴隷を着飾る面相筆は鋏をもち、緑いろの汗に紐を通すちいさな銀、北北西のフラクタル状の鳥の簪、嘔吐している公衆電話は鰐のくちをすべって、そこの樋、もしかしたら失くした手紙が舞いもどる、毀れた時計にひきよせられる、古い碑に逆だつ鬣の燃える紋章を刻んだ鍛冶屋の、よい音、それ鯨鬚、もっとさわやかなカルタゴの舟、羅針盤は饒舌に、金属（光沢の鋭い）石鹼、なめらかに光って、稲妻があざやかに懐胎するよ、しているよ、誘蛾燈がきらめいて、メリュジーヌ、凍りついた乳房に刺さっていく鸚鵡貝の鯱鉾、それをなくして獣径に散りぢりに、ピンホールカメラの目蓋が少しだけいろ濃く見えた鈴蘭から、末摘花、サテュリコン、蜉蝣へ、

Archeologia del telefono

琵琶に曳かれて、茶葉の濁る島まで／……（鰾のなかの……）、ローズマリーの鉱脈を、森閑と、……、裏がえされて、あるだろう、——（首なし馬にまたがるビニール人形の、雑踏を駈ける……、やましい喉をきり、裂いて、）——、莨のふやけた足跡に、——月の廃墟に蝦蟇の繊維が、——、溜まるだろう、煙る蒼い枕木を愛し、浸かる陽の裾を閃かせて……、……（傍らに馬の首、愛でるようになでる巫女の細くしっかりとした枝）、苺を潰した眼底に潜むのは海鼠の精（靈）……、（ほんとうに？）——憶えていて、（そこにはなにもないのだから、ほんとうになにも、ないのだから……）、訪ねて、……歩く、（……溺れて）、おらぶ笛の、音、鼻梁にそって……、氷山がおどけて……、なにも見えない、誰も、そこに認めようとはしない、あかるい部屋の〈接吻〉を／数えるのだ、多くの首を、両のてのひらで挟んで、……——温い金網に珊瑚の砕けた霙が暈やけていて——……、（犬の（（吼

【吠】える））－梟の城－を－砂の波に消える砂嘴の尖端に……、鷗の群れが停まっているよ）、壁は蔦を燃えあがらせて、衛星、瀧のように揺れる（燻らす?）時計塔の文字盤を……（真鍮製の針が谺を聴きわけてたたずんでいる）……、つまり旋回している貴金属「の」葉叢、やすらいで、潤びる血を、（そこになんの影を認めてしまおうと、盗まれた角笛の舌を震わせてそれは発音してしまう、そうであるにもかかわらず、目は、瞳孔は、まぼろしの頰を抓っているのだった……もし……、（もし?）その聲を（顫える、【蘚】――映像のなかのピアニストの指を、齧る――、紊れて、逃－れ－る、（（逃－れ－られない））、製氷機）、鮫、涼しげな彼ら、……伽藍鳥をともして、……（小禽類の斑模様を描く――錯乱している――Ἀργοναύται、つまりそれは表記されることを拒むだろう……）、……）、／／（初夏－の－〈猥【褻】〉－な）――頤を響かせて（受話器をとる肉球の盛りあがった）鵲の翼、の、膜に――、もし……、（もしもし?）……、――電線には鶸が、――……泡をふくむ窒素の内側で秘めやかに……、退いて、蛞蝓を浚う雪の冷たい螺旋階段――（氷結した鉄製の、滑りやすい靴底のゴム）――、凍える舟の空蟬よりも、吸盤が（触腕にびっしりと開眼した）、……舞う空、（灼熱のシリコン生物……、午后四時の登攀、蝟集する縄の捩じれ、螺子と羅針盤の混血児が縛られて、……撥條秤の腸捻転－です、……)、……発情しては狂う和紙、さし挿まれた曇る玻璃の封筒と、爛熟しては毀れる肉体に似た悲しげな麝香の匂いやかな藍、……ゆるやかな味覚、安穏とくつろいで……、(unknown)、カテドラルの晩夏は、さもしい鬣を梳る艶かしい帯、その稲妻を象った――……(陰核の翳り)……――文字を、羽搏かせて、悦ぶ、摩擦のすえの天使、溲瓶に搦めて襤褸、(幌?)、涸渇した檻の、瀞、【の】蚯蚓――、遠くの蜃気楼は薔薇のはなびらを食む牝羊の吐く息、白髪の水銀燈はある夕暮れ、葉巻型の飛行物体に絆されるようにして睡り、……(あるいは恋……)に堕ち、ワセリンのちいさな頸許に体温計をたたみこむ肺魚、楚楚と土のうえを匍《匐》うそれ、蔓のような鰭を脚のように蠢かせて、それ、は墓場の樹影にたつ屏風絵、軒したへと潜ってしまう雨、――傴僂のあざとい花をひろう黒い指――、俎のうえを嚥下する朧月夜に肩胛骨は滴って、木枯らしの通りすがりの迂路を遮る、(Capricornus)の鰓、……矮雄、――、

——猿、
——アプリコット、
——めずらしい瀧にたどり着きたい、
——紋黄蝶を追いかけた、
——どれも薄い憶いでの地層になって、
——ときどき風が、揺すっている、
——歴史家の靴跡に、
——水蠆もいる、
——螢の二齢幼虫もいる、
——潮溜まりの秋、
——山繭蛾、
——描かれた産道には、
——橋のない自転車、
——水車小屋をすぎて左側の、
——白墨の粉が堆く甲羅のうえに炊ぐ、

――稲庭、
――古新聞に集る微細な複眼を、
――洗うための木桶、
――金盥の経文をくちに、
――漣の臍、
――巻きつかれた葦の鬱蒼とした、
――繁茂する犀、
――踏みしだく一角獣のつぶら、
――琥珀の蹄、

ドラセナの夢精に気がついたのは、寝惚けた眼をこすりながら、それが薄明の耳飾りから雁金の巣へと零れ落ちていくのを眺めていたからだった、瞶めつづけたさきに透きとおった卵の殻と、その内部で煌煌と燃えあがる卵黄とが頭を抱えて蹲っていた、わずかに、書棚の奥に永いあいだしまわれてあった本に降り積もった埃に根をのばした白黴のようなささやかな雲が彼らの爪さきを覆っていたが、血を滴らせた幹から鰺や鯖やらとかくまぶしい魚族を生やし、赤紫の鰓をのぞかせ潑溂と、赤銅いろの砂地のうえを跳ねまわった、どうやらおまえには目蓋がないと聞いていたが、寒天質の繃帯をその薄汚い鱗のうえに幾重にも巻きつけたようすこそ、瘡蓋が膨れあがってにわかにそれらしい役割を課されたふうにしか見えない、いっそうのこと乾いたそこにビニール紐でも通し、隣町のだれそれのまえなんかを書いてそこらあたりに棄てておけば、盗賊鷗らが咥えてもっていくであろうから、よほどそのほうがましなのだ、皺のよった銀紙が風に靡いていやらしく喘ぐのが聴こえる日のはじまりに、牛糞でも混ぜた漆喰をその醜い貌に塗りたくってやりたくもなるが、なににしても砂塵が眼の裏を吹き荒れていて、雀斑から象牙のしろい騎士を象った駒が二、三溢れてくる、街路を横ぎる鎧蜥蜴がたったいま、トラックに轢かれて爆発した、

ニコラ・テスラ、科学者であり発明家、エジソンのライバルだったらしいけれど、そんなことに関心はない、つまりは都市伝説、プラズマだ、消えた映画の

フィルムをめぐっていまだくりかえされる猿人たちの攻防を、電子計算機は予測しない、だれもが無力だ、あまりに無邪気だ、だから消えた、それを決して忘れるな、

もしもバッハが蜜蜂を飼育していたとして、方舟の史実も伝説も、一緒くたにまぜこぜに、トランジスタ・ラジオから抛げ飛ばされて、ひっかかった銀蠅がいかにまぶしくスパークしたか、無数の泡がそこから生じ、粘度のたかい赤紫いろの姉妹が、曇った海へと墜ちていった、それもようするには田園地帯の、黄金に輝く麦畑から、たくさんの蝗が、電磁波を帯びた六方晶の純粋な塊まで、雨漏りのする人魚の舌をはいずりまわっている、早朝、カカオ農園のひろがる大地に金環蝕が実り、郵便ポストの隣りにたっている方位磁針をたよって風媒花の消息を訊ねた、原生林の奥底にはいまも太古のレチタティーヴォが艶やかな臀部を洗っている、ほんとうはそのことをみんながひた隠しにしてきたのに、七つのラッパが仮面のしたの能面を嘗めさすり、痣だらけの惨めなレントゲン写真にもあらたな啓示をあたえてもいいし、どの惑星にわたしの影がはりついているかの証明に勤しむのも、

それもそれ、そこに水がなくても鹿は訪れるだろうし、涸れた河筋に積もった塵の数だけ光はあって、松葉杖に凭れかかって眼窩から湧きだした鬼火の幼虫が、彼方の銀河をめざして脚を獲得するのももはや時間の問題だった、

αντιφωνα II

烏《eau》 鵜 雲 己《Une》 云々、
膿む、倦む et 群れ ら、ほら
Rabab Rhubarb ら、Leprechaun ら、鷺ら、
Rubbra、護謨《gong》、肝《罐》 伽羅 り、瑠璃 流離 tre re
烏秋、おほ 頬 杜鵑、鱚 Kitsch、
沼へ はこぶ 根の 国 に

韮　の　把《莨》こ　越え　笑み、編む、釜山
鼴　飛ぶ　野衾　砂の、遊びに
鰭　が　かさなる　水《L'eau》鏡　にも……、
Loire　くろい《noir》　黒衣《chloé》　鐘《clochette》の音《Neon》　のあかりが
そら、まぶしく　さわる　ようだ、
四頭の牛《quatre》、廓　喵う　薬罐《kettle》　Quartz、皮膜《coats》　コヨーテをみた、
春の太陽《sprinkler》　の　檸檬いろ《yellow》　は　柳葉魚《willow shameful》、Israel、——、
みどり　濃い　森に　ひそむ　繭　を　ひらいて、
しらない、　鈴の　お　と
L'oiseaux《お愛想》、みましたか、　甕のなかにも　鴉《草》、
鸚鵡　急流《dome》　路傍の銅貨　は
ロレンチーニ《Lorenzini》瓶をすぎて　瀧の羅鱶《love cut》　すぎて
Tapiolaの猫　脚を　バシレウス
〈Le marteau sans maître《打ち手のない槌》　!〉　樹の蜜《Je suis》レ（を）　水《桃》
そのかわりに触れようとすることを禁ずる

ここに　産（ぶ）声　誰《黄》（そ）彼《昏》　の　雄叫び　ではなく、

——鞦韆、
——いつ蟹座の沙漠にともるだろうか、
——山葵の太い地下茎が、
——育んでいる墓、
——夢の街を泳ぎまわる金魚、
——海底の麒麟、
——傾いた晩餐で食される、
——おびただしい重曹、
——警笛にひきずられる一等星を、
——砂礫のなかから掘りだして、
——童謡をふきこむ、
——湯浴みの日、

ゼラチンを噴きだす火山の麓に建てられた水族館に、未生の水母がゆたかな毒を孕んだ触腕をのばす、髑髏という名の丘に魚売りの地軸が群がりはじめ、なにが石英の戴冠だとこどもたちのよわよわしい声をきり裂いた、孤島につどっていく燐鉱石のまたたきがにおいやかなマンゴーの樹を養っている、どこかに酸味を宿した白檀と犬泊夫藍の蘂をひき戻そうと角砂糖に跪いて、膵臓の喉へさしむけられた垢ぬけない暮らしの片隅に鋭利な質量が決壊する、薄荷の繁みに潜んだサルパが洞窟の気配に身をくねらせて、ゾエア、噴霧器を鼻にあてがい氾濫する、燕の巣が襲われていたいつかの軒さきにふたたび青大将の脱け殻が吊りさげられ、どこかにいるはずのあなたの影を透かし見たあと、しばらくしてほどけていった羽衣を、今朝投函されていたカタログをひらいて探してみる、使い古された拳銃が見つかって、銃身に刻まれた異国の文字に指をはわせ、それが幽かに〈canto di speranza〉と読みとることができそうなときに、そのときに限って洋梨のかたちをした頭をふって丸眼鏡をかけた紳士の亡霊が視界の端をかすめるのだった、

コモンツパイ、わたしたちは市民だ、永遠にくちを閉ざすことはないだろう、
わたしたちは市民だ、声をはりあげ高らかに、アルコールランプのたしかな火
によって照らされた、わたしたちの革靴、わたしたちの蹄鉄、わたしたちの錆
びた勲章が、ああ、装甲車の無限軌道のしたで輝いている、

＊作中引用したパーヴォ・ハーヴィッコ（1931-2008）の詩篇「名残りは木の葉のように」の訳は《人生の書――ラウタヴァーラ：男声合唱曲全集》（ワーナーミュージック・ジャパン）のブックレットを参照したが、審美的な事由により一部に変更を施した。

またT・S・エリオット（1888-1965）の詩篇「East Coker」からの引用は、エイノユハニ・ラウタヴァーラ（1928-2016）の管弦楽曲《Autumn Gardens》（FENNICA GEHRMAN）の総譜の序文にちなむ。

この作品をエイノユハニ・ラウタヴァーラに捧げる。

《都市叙景断章》

わたしたちはもう、都市を失ってしまって——、

どこにもない街を、どこにもない風景の胃液が溶かしこんでいくそれらの、鎮静剤の効かない街路をすべるありきたりな恋愛映画の断片が、無惨に、というよりも、紙幣に集られた踝にうちこまれた高層ビル群の、たとえばその表情が、代替可能な無数の窓ガラスに反射しようとして、拒まれている、劣化した接着剤には少しの澱粉も浚われてはいないし、だからわたしは容易にすりぬけることができてしまっていた、透明な、燦爛に、安っぽい情景の、角膜を薄く削

っていく、消費されてばかりの、きれいな、ありふれた、憧れを装
った、紙幣、それか、肉慾――、

暗渠化した川のうえを歩く、
ゆるやかに蛇行する小径をあてもなく、いや、その径が誘おうとす
る街の消失した中心点を探りだそうと踏みだした、
わたしたちの、繊く、愚かな足、

忘れるほどなのだからたいしたことはないといいきかせ、無理に諦
めようとはするのだが、一方、どうにかおもいだそうと躍起になる
自分を抑えきれずにいて、街は、そういう寝具のなかの幻想に、躊
躇いなく浸入しようとする、あるひとつの波、

寝入りばな、饒舌に話しはじめようとする頭が、そのときには、ひらめいたようになにか、鮮烈なイマージュが訪れて、書き留めようとしつつも億劫になってきてしまって、これだけ鮮明なのだから、しばらく経っても忘れないだろうと睡りにつき、

鯨浪、
湾内に潜む黯い影を呼び、

覚めぎわ、夢のつづきを演じつつ、徐徐に現実へと合流するてまえで、またあの鮮烈な光景が、夢の裾をひきずりながら現れて、部屋の四隅に蹲りはじめた老婆の皺だらけの貌を曇らせた、

それはほんとうにそこに流れていたのだろうか、赤く錆の浮いた錨
の隣には、苔むしたコンクリート製の古びた石碑が、そこにはなん
と書かれてあったか、高架下の薄闇に馴染ませた視線をたばねてそ
こに、そわせてみる、

ある詩人がいった、
街の衣のいちまい下の虹は蛇だ、
と、
動脈のうちを泳いで、
ゆりかもめが舞っている、
あの、
潮騒のからみついた土地へ、

葉脈だけが残った、
晩秋の朽葉をひろって歩く、

わたしの目のまえを、ドイツ語が歩いていた、長い坂を登りながらも、颯爽と、それとも、悠然と、とにかく、さまざまな単語を連結させた継ぎ接ぎだらけの体軀をゆすぶって、ドイツ語が歩いているのを見てしまったのだ、なにも驚くことはない、雑巾の端にたくさんの子音を縺れさせ、舌のおさまりどころを探ろうと、うわ顎の窪みに唾液を溜めて、大きく腕をふって歩くそれの、こまかく神経質な表面を、空転する視線、

その街の――叮嚀に舗装された――甘皮を、指さきでひき剝がして

みれば、わたしたちのその手や脚のさきを蔽っている毛細血管を流れる稠密な——たとえばクリプトンの——気体が、あざやかな廃墟に埋もれてしまっていた図書館の、綿埃が堆く積もった書架に、ひんやりとした呼気を滲ませるだろう、植栽の——柘植や躑躅の——しっかりとした葉のうえにも、雪は降る、

枕木をにぎわわせる一頭のハクビシンの背が、
黄いろい花を擡げた水仙の、尖った葉のわきを駈けていった、
……深夜、街燈の不躾なあかりのしたに蟬や蛾などの肥った影を認めるとき、乗用車の駆動音か、
それとも都市の鼓動が、
護岸工事のおこなわれていない川を目指して、
人家のつらなりに消え去ろうとする、

それともこの街を包囲する〈循環する風景〉から蒼く耀く体液を零し、あるいは消毒薬のにおいに脅かされた筋繊維にそって、アルミニウムの焔が涎を啜っている、

魚籠を透かして、
硫黄、
黒雲母の破片が塞きとめている街道を、
換気のために建てられた、
しろい、巨大な、
塔、

幹線道路を走るトラックのまぶしいライトがしばしば点滅するよう

に、象の腐敗をまぬかれたからだに杙をうち、凍った郵便うけの冷たい鱗をきらめかせて、太陽がその仕事を畳みこむ、そうでなくても蔦の繁った薄黯い都市の洞に、羽蟻の行軍が潜んでいる気配ばかりがただよって、油蝙蝠のゆらめきが、水銀が溶けだした下水溝に手紙をもたせ、ひとのいない公園の鞦韆に、ひときわ時計の文字盤が、俤を落とし損ねていて、給餌におとずれた猫の、牛乳に浸された椿の枝、裸の公孫樹がさえざえとして、睡りは深い、

白昼、
あきらめのわるい踏切に、
路線バスが、
カシオペア座を背負っている、

地下へ、
雨露がもたらした湯の花、

自動販売機の輪郭が、手帖に書きこまれた明日の予定を滞らせる、
それは明晰夢の予兆のうちにふたたび印字される風景の、音をとも
なった瓦解におもわれて、巨大な球形のガスタンクにうさぎの薄片
がつめこまれる、——湿原は高架橋のしたを飛びかう燕に啄ばまれ
て、その日の景観を塗りこめるために、塵を燃やす、

白鷺、
緋鯉が群れて泳いでいる川に、
二羽の鶺鴒と、
陽にあたる翠龜、

いよいよ湾岸の熱帯植物園に金星を沈め、地軸を糧にとある広大な墓地を鏡の裏に透かし見たあなたは、その日、あるいは土星の環にまたがったEquusの、剝がれ落ちるばかりの鱗を銀幕の皺のあいまに隠そうとして、傍らを通りすがった客のいないタクシーにむかって金魚鉢を抛げつける、もし、錯視の歪曲した光源をあきらかにするならば、黒豹がいま顎を乗せている長椅子に、ひとつの林檎をおいてさるだろう、

昨夜、
それも液化する寒暖計の、
秘かな夏へ、
さしだされた音符を棄ててトえば、

ゆたかなはずの果樹も絶え、
しまいには、
星らしき星も、
実らない、

＊野村喜和夫氏の詩篇からの引用がある。

Silouans Song

湖はすでに干あがっていた
貌を手で覆った僧侶らが
やさしい生贄に
あかい毛布をかける
つぎつぎに磐の端から墜ちていく
松の受胎を寿いだのだ

冷めた電球を愛でる日

指環にも乾いた苔をのせて
禿びた筆で祓う
鳥の胴をまたいで
砂金に埋れよ

半睡の乳母
それは日めくりに矢をたてた午
埃が瞬いている
川下から犬の肢がみつかる
逃げた亡夫を担いで
額に瑪瑙を嵌めた宵
逆さに桶が伏せられている
嗤い声に騙されたがる

老鴨嘴は
溲瓶に活けられてある
雀斑もふる乞食の眦に
解剖される瞬間の Litany
瞑想の鏡像をかすめ
曖昧な教唆につかのま溺れる
風滴

たえず流れてくる
彼らの表情を認めるたび
壊れた六つの頤が

ぬるく脹らんでいくのをしって
砕けた臼歯をひろって歩いた
その爪のさきで
為政者らの潔い名を
彫りこもうとしている

Röntgen《レントゲン》、それは沈《しず》める植木鉢《うえきばち》

著者
榎本櫻湖《えのもとさくらこ》

発行者
小田久郎

発行所
株式会社思潮社
〒一六二―〇八四二　東京都新宿区市谷砂土原町三―十五
電話〇三（三二六七）八一五三（営業）・八一四一（編集）
ＦＡＸ〇三（三二六七）八一四二

印刷所
創栄図書印刷株式会社

発行日
二〇一七年七月二十日